Le travail existentiel de
nos souffrances

S'émanciper ou mourir

PAUL LENOIR

Table des matières

Lettre à mes filles 3
Le travail du temps 6
Le travail de nos mémoires si fragiles 11
Le travail de nos émotions.. 18
Le travail de nos ruptures.. 23
Le travail sur nos identités... 25
Le travail de nos yeux... 36
Travailler à disparaître... 38
Travailler à comprendre 44
Le travail des institutions du travail sur soi 50
Le travail de la maladie 55
Être travaillé par la souffrance de ceux que l'on aime 58
Le travail de nos territoires... 64
Le travail de nos déplacements..................................... 73
Le travail de nos souffrances 79
Le travail de l'amour 83
Le travail du métier 86
Le travail du pouvoir 93
Le travail de la folie.. 96
Le travail de la mort... 101

Lettre à mes filles

Vous savez, mes enfants, votre vie sera riche. Elles le sont toutes à leur façon.
Vous allez découvrir 1000 territoires : arpenter tellement de chemins, rentrer dans d'innombrables maisons, découvrir des mondes, explorer des univers dont vous n'avez pas idée…… et vous allez tant et tant marcher….
Ces voyages bien sûr de temps en temps seront réels au sens géographique du terme, mais le plus souvent ils se feront dans votre tête ou ce que d'autres appellent votre âme.
 Ils n'en seront que plus vrais et intenses. Ils sont si nombreux à voyager sans que jamais ne s'opère la moindre rencontre.
Tant de pièces façonnent notre existence. Je vous souhaite de séjourner dans celles de vos passions, de vos peurs, de vos morts et tant d'autres lieux qui vous attendent.
Toutes ces pièces vous allez les traverser dans la joie ou la peur, pour un instant ou pour une vie. Même les plus sombres vous ouvrirons leur porte. Hélas mes amours, vous ne choisirez pas d'entrer dans la maladie ou de traverser une séparation. Nous ne le pouvons pas et il se peut que cela soit très bien ainsi même si mon âme de père en souffre.
Parfois vous apprendrez deux ou trois choses au cours de ces séjours si particuliers. D'autrefois vous en sortirez abimées, fatiguées ou grandies.
Il arrive que certains d'entre nous, parmi les plus courageux et les plus intelligents, ne sortent jamais vraiment de quelques lieux maudits. C'est alors que leur maladie, leur passion deviennent un tombeau existentiel.
Nous avons tellement de façon de nous perdre et si peu de temps pour apprendre.

Les clés pour sortir de ces territoires de vie ou savoir y demeurer aussi sereinement que possible sont parfois mystérieuses et complexes. Je ne peux vous les donner même si comme beaucoup je nourris le secret espoir de vous en avoir fait découvrir quelques-unes, mais j'ai probablement tort.

Obtenir les clés de notre existence constitue un immense travail jamais complètement achevé, mais oh combien émancipateur. C'est de ce travail dont nous allons beaucoup parler.

Vous ne serez pas des spectateurs impuissants se contenant de taper aux portes de vos caves les plus sombres pour que l'on vous vienne en aide. Je l'espère du plus profond de mon cœur.

Cela implique beaucoup de travail et un travail souvent difficile. Cela signifie rentrer en dialogue avec soi, se mettre en réflexion, en questionnement, en critique, se faire artisan, chercheur et maçon, tout ceci à la fois.

Car cette vie nous ne pouvons la traverser qu'avec ce que nous sommes.

On peut nous apprendre à travailler la terre, à construire des cathédrales, mais où apprend-t-on à vivre ?
Oui, c'est un travail mes enfants. Cela n'a rien de facile, ni de naturel et comme tout travail cela exige de la force, du courage et la persévérance.
Nous sommes faits de mille forces, de mille épaisseurs, d'une quantité de pièces psychiques qu'il nous faut explorer, car notre âme y rôde et parfois s'y perd.
Nous sommes faits de tous ces liens. Chacun de ces liens est une terre à défricher, une corde à couper ou à retisser…
Apprendre à vivre, apprendre à rencontrer ses fantômes, son histoire, ses fragilités, apprendre à lire son monde comme on décrypte un texte, comme on explore un territoire étranger …
Apprendre à chausser toutes les lunettes, à porter tous les

regards possibles sur nos vies, sur ce que nous sommes, sur ce qui fait que nous sommes ce que nous sommes et plus encore sur ce que nous voulons être et ce qui fait que nous voulons être ceci et enfin sur ce que nous pourrions être ou devrions être.
C'est à ce prix que nous passerons de ce que nous sommes à ce que nous pourrions être.
Apprendre à construire votre vie pour ce qu'elle est : une œuvre immense au-delà de toutes questions de reconnaissance sociale, car la richesse langagière des vies n'a rien à voir avec la notion de réussite sociale ou économique (de tels parcours nous enferment souvent dans des rôles sans âme...Endosser un rôle comme on rentre dans un costume, c'est parfois la mort de l'artiste…..).

Nous devons tous aller à la rencontre des bruits de notre âme que nous prenons pour des hurlements effrayants, écouter ce qu'elle a à nous dire. Les choses nous parlent, nos vies nous parlent. Elles nous bousculent, nous transforment, nous éprouvent, nous font parfois vaciller, sombrer ou grandir.
Nos vies, chaque vie est un livre d'histoire. Votre vie sera un livre d'histoire.
Je vous souhaite de rencontrer votre vie, d'avoir la force de faire naître un tel lien, d'engager cet immense travail existentiel où tels des infatigables peintres nous dessinons nos toiles de vie, jour après jour ; chaque épreuve apportant une touche de couleur singulière. Dans ce monde, le seul qui compte, la force d'une vie ou la beauté d'une œuvre ne se livre que lorsque l'artiste a décidé d'y apporter la touche finale et d'apposer sa dernière signature. Elle livre alors sa beauté dans la douceur et la douleur d'une lumière vacillante, bientôt à jamais éteinte.
C'est l'histoire de votre grand-mère qui servira de fil rouge à ces rencontres. Il est temps que je vous parle d'elle. Vous savez déjà qu'il y aura de la tristesse, mais n'ayez pas peur comme toutes les vies abimées elle a eu sa part de lumière et elle a beaucoup à nous apprendre.

J'espère que vous allez ainsi un peu mieux la connaître. Ne soyez pas trop dur envers nous. Nous avons fait ce que nous avons pu et nul ne peut savoir qui il deviendra quand la souffrance frappera à sa porte.

Le travail du temps

Toutes ces portes qui se sont fermées à jamais

Toutes ces vies que nous n'aurons plus et celles qui ne sont plus.

Tu as existé maman. Tu as compté pour l'enfant que j'étais, mais je ne vois plus rien de toi depuis si longtemps.
Et puis il y a aussi l'oubli.

C'est encore pire que tout.

Tu as disparu depuis maintenant 20 ans. Je constate de plus en plus souvent la lente et progressive disparition des traces de toi. Aussi difficile que cela soit, il me faut reconnaître que ce sont souvent les mémoires qui dessinent les liens et qu'à ce jeu notre relation s'efface peu à peu. C'est donc vrai. Il ne reste au final que bien peu, rien qui ne dure vraiment.

Les rares objets qu'il me restait de toi se sont égarés au fil des déménagements. Et ma mémoire peine à retrouver les sillons qui me rattachent encore à toi. Ton visage, ta voix disparaissent. Et d'ici peu j'ai peur te d'oublier complètement. Que restera-t-il alors ?

A la première mort, le temps se charge d'en apporter une deuxième en brouillant les mémoires, balayant les traces de vie pour ne laisser que quelques images bien vite effacées.

Cette journée du 29 août 2002, tu as réussi ton suicide après en avoir raté tant et tant. Il est difficile de parler de réussite, mais après tout si c'est ce que tu as longtemps voulu, le mot n'est pas obscène. Car oui ta vie (et par conséquent mon enfance) fut hantée par tes envies de mort.

Je fis donc très tôt la connaissance de cette chose que l'on appelle la mort. Elle se révéla une présence bien encombrante, exigeante, angoissante et parfois terrifiante. Il faut aussi savoir lui reconnaître quelques qualités et notamment le fait qu'elle nous force à explorer bien des territoires cachés de nos âmes et que peut-être elle force à grandir.

Il eut pourtant une longue accalmie. Plus de menace.... Plus de tentative...... Une longue période de trêve, sans parole et sans acte. La mort semblait à distance. C'est à ce moment que tu l'as appelé plus fort encore. Elle est revenue bien décidée cette fois à répondre à ton désir. J'espère qu'elle t'a apporté ce que tu espérais y trouver : la fin de la souffrance et qui sait peut-être une certaine paix.

J'avais 29 ans quand un gérant de camping vint m'annoncer dans une colère froide (qui m'est par la suite apparue obscène) que mon père cherchait à me joindre depuis plusieurs heures. La mort d'une mère ne devait pas lui apparaître comme un motif de dérangement suffisant, du moins pour ce que je lui semblais être. Je rallumais mon portable et rapidement compris que la mort cherchait à me joindre. Je savais la reconnaître, mais étrangement ce n'est pas à ta mort, maman, que j'ai pensé. La mort oui, mais pas la tienne. C'est curieux quand j'y repense de l'avoir tant de fois redoutée, imaginée, anticipée, aperçue et ne pas la reconnaître quand elle vint frapper. Les 15 appels en absences me confirmèrent rapidement sa présence. Seule la mort peut insister à ce point et déranger ce gérant de camping. Je me souviens des pleurs de ma sœur au téléphone.

« Maman est morte ». Le coup fut violent. Il me prit par surprise. Défila dans les secondes qui suivirent la liste de tous les scénarios possibles : une mauvaise chute, une crise cardiaque pouvait avoir eu raison de toi. Mais non il me fallait affronter l'horreur jusqu'au bout. Mon cauchemar d'enfants venait de reprendre vie.

- Qu'est-ce qui est arrivé ?
- Elle s'est tuée

Tu t'étais donnée la mort. On m'expliqua très vite que cette expression « se donner la mort » était plus appropriée que suicide. Plus douce à nos cœurs. « On se donne la mort ». On se la donne comme un s'offre un cadeau. Tu avais délibérément choisi le néant à la vie. Beaucoup s'accrochent à des secondes de vie supplémentaires comme des morts de faim. Toi, tu avais renoncé aux nombreuses années encore possibles. Les visions de ses heures précédant ton geste se multipliaient dans mon esprit et puis toutes ses questions

- As-tu souffert ?
- Qu'avais-tu en tête ?
- As-tu pensé à moi ? À nous ?
- Pourquoi ?
- Quand t'ai-je parlé pour la dernière fois ?
- Est-ce vraiment un suicide ?

Plus jamais nous ne nous reverrons. Aucun adieu. Aucun échange. La solitude pour dernier compagnon de route, pour ton dernier voyage. Nulle caresse, nulle parole pour te réconforter. Probablement le silence et la nuit. Des larmes forcément. Comment pouvait-il être autrement ? Aujourd'hui je crois qu'il est possible que tu sois partie sereinement ; immensément triste de quitter tes enfants, mais soulagée de partir de ce monde qui fut pour toi souvent un univers de

souffrance. Tu as écrit quelques lignes, avalé des cachets. Tu t'es allongé et la mort est venue.
Et si je n'avais pas entendu ton appel au secours ? c'est possible ! Mon portable étant éteint, tu as peut-être essayé de me joindre pour que je te sauve comme tu le faisais si souvent. Une rapide consultation de l'historique des appels livra sa sentence : aucun appel en absence. Encore aujourd'hui l'idée que tu n'aies pas cherché à me dire au revoir d'une façon ou d'une autre demeure une énigme et pour tout dire une douleur tant mon âme d'enfant ne peut l'accepter.
Tu n'as pas voulu que l'on te sauve. Tu n'as pas voulu que je te sauve. Tu as laissé un mot qui n'explique rien. Tu y dis ton amour pour nous tes enfants et tu demandes à notre père de bien veiller sur nous. Tu y dis aussi ta trop grande souffrance. « Je souffre trop moralement. Pardon » C'est de cette souffrance que je vais parler
Ta mort fut longtemps pour moi une histoire intime que l'on ne raconte pas. Une histoire singulière de souffrance, de folie peut-être, et d'alcool. Une histoire perçue avant tout sous l'angle psychologisant, c'est-à-dire sous le signe de ta fragilité. Cette lecture du monde, ta lecture, je l'ai longtemps faite mienne. Puis, j'ai découvert les travaux de Pierre Bourdieu, de Didier Eribon ou encore d'Édouard Louis dans lesquels ils racontent chacun à leur façon des histoires difficiles, des histoires qu'ils font parler, car elles ont des choses à dire si on leur donne le bon canal. Un peu comme la tienne, des histoires qu'ils ont su sortir de l'enfermement psychologique pour en extirper la part de sociale et en faire une histoire avec un grand H. Ainsi, il est possible d'écrire sur toi. Il est possible d'écrire des histoires que l'on a tendance à cacher ou à considérer qu'elles n'ont rien à nous dire. Il est possible que l'acte de raconter ne soit pas simplement un acte de voyeurisme, un acte de dissertation sur ton psychisme, mais qu'il puisse posséder une dimension politique et spirituelle. Il m'est alors apparu qu'on pouvait relire ton histoire et lui faire dire ce qu'elle avait à dire, que j'avais le droit de faire l'histoire de cette violence,

de cette pauvreté, des vies tristes parfois misérables souvent touchantes, que la vie des pauvres gens méritait aussi d'être racontée et que peut-être même, je portais l'obligation de le faire. Ton histoire ce n'est pas seulement ton histoire, mais c'est aussi l'histoire des femmes, l'histoire des liens aux autres, de la résonance au monde, des violences, de l'alcool, des émotions, de la mort, de l'aide sociale, de l'euthanasie, de la culture populaire et bien d'autres choses encore… Au fond, ton histoire a beaucoup à dire sur le monde. Tu as traversé la vie, maman, en essayant d'être invisible et de fuir le regard des autres. J'ai voulu te rendre visible de l'outre-tombe ou tu résides désormais pour l'éternité même si je ne suis pas certain que tu aurais aimé cela. Mais si personne ne fait cela, que restera-t-il de ta vie ?

Tu es née le 4 septembre 1946 en Bretagne, d'un père marin et d'une mère « cultivatrice ». C'est en tout cas ce qui figure dans le livret de famille. Tes parents se sont séparés très tôt. Je n'en connais pas la date précise et à dire vrai je ne sais pas grand-chose de ton enfance. Ne m'en veux pas si ma mémoire ou mon imagination prennent parfois quelques libertés avec la réalité. J'aurais tellement de questions à te poser…. J'imagine que la séparation de tes parents est intervenue quelques années après ta naissance (je dis ta naissance, mais vous étiez deux puisque tu es venue à la vie accompagnée d'un frère Marcel).
Nous nous rendions très rarement dans la maison de ta mère. C'était pour moi la découverte de la campagne, quelques poules et lapins, quelques arbres immenses. Une rencontre brève avec des odeurs, des couleurs, un autre monde dont je sentais un potentiel de vie immense.

Je garde de ton père le souvenir d'un homme sensible et gentil avec qui j'aurais pu tisser des liens si le temps et l'expérience m'en avait donné l'opportunité et s'il l'avait voulu ou pu.

Tu insistais pour que je t'accompagne voir l'un ou l'autre de temps en temps. Cela nous arrivait rarement bien qu'ils n'habitent pas très loin, mais la réalité des distances des âmes ne se mesure pas à la géographique. De telles rencontres ne se produisaient qu'une à deux fois par an. Très insuffisantes pour que s'opère un quelconque rapprochement. Nous sommes donc largement restés des inconnus l'un pour l'autre.

Sortir de la cité n'était pas chose facile. Nous étions chez nous et aussi pauvre que fût ce quartier, il n'en offrait pas moins une protection sociale et symbolique. Cette cité nous aimante, nous rassure et nous enferme. Je n'en sortais pour aller les voir que contraint et forcé. Silencieux. J'aurais tellement de questions à poser à ton père maintenant, mais il est trop tard depuis bien longtemps. Que reste-t-il de lui et sa vie ? J'ignorais qu'il possédait le bien le plus précieux, des parcelles de notre histoire, de ce que nous sommes, de ce que nous avons été, de ce que tu étais….Des pièces d'un puzzle que nous pouvons passer notre vie à tenter de reconstruire, l'histoire d'une vie dont les traces ne sont présentes que dans les souvenirs et ne durent donc que ce qu'ils durent. Quelques secondes et puis plus rien…..

Le travail de nos mémoires si fragiles

Aujourd'hui je passe la grande partie de mon temps à tenter de produire des traces des vies. La mort fait son travail jour après jour. Sans véritable talent artistique, la chose est complexe, mais elle offre tout de même des espaces pour ceux qui savent faire preuve d'un peu de créativité et puis des traces n'ont pas forcément à être talentueuses pour produire leur boulot de traces. J'écris, j'enregistre, je filme, je photographie, je documente…tout est bon pour échapper à la seule mort qui nous fasse vraiment disparaître celle de l'effacement. Les traces de vie sous toutes les formes (l'art en étant la version la plus noble) entretiennent l'illusion d'une immortalité et d'un sens à notre vie. Il est bien possible que tout ceci ne soit en effet qu'une illusion, car les traces qui durent vraiment sont rares, mais c'est une illusion dont j'ai besoin. Nous passons tous autant que nous sommes une partie de notre existence à effectuer ce long et laborieux travail de trace comme une tentative désespérée de repousser la bête, celle que l'on ne peut battre : la mort. Nous ne différons que par les méthodes que nous utilisons. Une civilisation tout entière se construit autour de la réponse qu'elle apporte à cet enjeu.

Certaines choses résistent au travail de la trace.

S'il est une dimension difficile à capturer, c'est celle du lien qui unit deux êtres. Bien sûr des photos, peuvent dire quelque chose de ce lien et sa force, mais ce ne sont que quelques pages d'une œuvre spirituelle d'une rare densité. L'écriture nous offre parfois ce type de témoignages relationnels.

Chaque lien que nous tissons avec un autre possède sa part de singularité, la rencontre de deux âmes. Tes relations avec ton père comportaient, me semble-t-il, une belle dose de tendresse, mais aussi beaucoup de distance. Je ne crois pas que vous vous soyez vraiment rencontrés. Je suis pourtant certain que si cette rencontre avait eu lieu elle aurait pu mutuellement vous être bénéfique. Il venait de temps en temps nous voir avec sa nouvelle compagne. Silencieux, taiseux, lâchant quelques gestes de tendresse. Chaque venue suscitait chez toi une forme d'appréhension, de crainte. Il ne dégageait pourtant rien de tel. Mais tu te sentais obligé de procéder au grand nettoyage pour pouvoir le recevoir dignement. Souvent nous imaginons que nos appartements sont le reflet de ce que nous sommes alors un appartement bien propre est le signe d'une vie et d'une âme bien propre. Personne n'était vraiment dupe. Ni lui, ni toi, ni moi, mais je trouvais cela touchant.

Les liens avec ta mère furent beaucoup plus complexes. Je ne comprendrais que bien plus tard l'origine de cette complexité lorsque tu me révéleras ton secret quelques années seulement avant ton départ. Au fond, tu étais attachée à tes parents dans tous les sens du terme c'est-à-dire avec des liens dont on finit par ne plus savoir s'ils enferment, abîment, rassurent ou consolent. Tu étais reliée à eux à l'aide de fibres composées d'une série d'affects, de peurs, de tendresses, de craintes, d'un noyau d'émotions dont il n'est encore aujourd'hui difficile d'en déchiffrer tous les sens.

J'aime encore aujourd'hui apprendre à voir la diversité des liens qui se tissent entre les êtres, ceux que je tisse avec chacun de ceux que j'aime, de ceux que je rencontre quand mes fantômes se dissipent et me laissent quelques répits. Nos vies sont des toiles de liens que nous créons et qui évoluent quotidiennement ; notre plus importante œuvre, en partie invisible aux yeux mais éclatante aux âmes. Telle une araignée, nous tissons notre existence et chacune des cordes qui nous relient aux autres et à toutes les composantes de nos vies (nos lieux, nos souvenirs….) pour produire cette œuvre unique et bien éphémère que l'on appelle notre vie. Ces liens vibrent et résonnent pour faire entendre la musique de nos âmes. Tout comme nous possédons des empreintes génétiques uniques, nous sommes porteurs d'une empreinte relationnelle tout aussi singulière et il n'est nul besoin d'être médium pour la voir ou du moins la ressentir. L'absence de l'autre et le manque que nous ressentons lors de son départ ainsi que le gouffre qui s'ouvre sous nos pieds témoignent de l'existence de cette empreinte à jamais disparue laissant notre âme amputée. Nous ne serons plus jamais touchés par cette âme, toucher une âme comme on touche un corps.

Nous allions donc, de temps en temps, voir ta mère parcourant, en mobylette la vingtaine de kilomètres qui nous séparait. Je sentais confusément ton immense quête d'amour, mais ma

pauvre maman il était évident, même à mes yeux d'enfant, que le combat était perdu d'avance. De l'amour elle pouvait peut-être en donner. Les nombreuses photos de son autre fils et de ses petits-enfants en témoignaient. Elle devait l'aimer profondément cet homme qui lui avait donné ce fils. Tu ne pouvais pas ne pas les voir. Tu ne pouvais pas ne pas remarquer que de photos de toi il n'y en avait pas ou si peu.
Moins nous somme aimés plus nous grandissons habité par cette quête éperdue d'un lien et nous mendions l'amour à ceux qui ne nous l'ont pas donné et nous nous rapprochons souvent de ceux qui ne peuvent pas le donner comme pour continuer la lutte, infatigable chercheur d'or.

Tu as dû vivre avec ta mère jusqu'à tes 14 ou 15 ans. Jusqu'à ce que son nouveau compagnon ton beau-père te viole. En l'apprenant, ta mère t'a chassé pour « te placer chez les sœurs ». C'est l'expression que tu utilisais. Voilà donc le drame de ton enfance et d'une certaine façon la fin de ton enfance et peut-être aussi un peu la fin de ta vie qui n'avait alors que très peu commencé. Je ne sais pas si tu étais heureuse avant ça. Un peu j'espère. Ce viol fut pour toi un immense, un insurmontable traumatisme que tu ne me le révéleras très tardivement quelques années avant ta mort comme autant de raisons données à ta souffrance. J'espère que je t'ai pris le bras à ce moment. Même si je ne vénérais pas particulièrement ma grand-mère sentant le peu d'amour qu'elle te rendait, il est clair qu'elle est définitivement morte à mes yeux ce jour-là. C'est une chose de constater qu'elle établissait une hiérarchie dans l'amour qu'elle offrait à ses enfants, mais c'en est une autre que de te condamner alors qu'il eut fallu te défendre, peut-être même te venger. Tu partiras avant elle. Elle n'avait plus toute sa tête depuis longtemps. Toute ta vie tu resteras habitée par une forme de crainte et cette recherche de considération et de respect de sa part.
À travers cette violence, non seulement tu ne fus pas reconnu en tant que victime, mais tu fus l'objet d'un véritable

bannissement symbolique. C'est toi qui garderas et porteras la croix de ce crime. Comme beaucoup de victimes de violences sexuelles et par un étrange paradoxe tu as intériorisé la culpabilité du criminel comme une transmission psychique et symbolique, comme une pénétration de l'âme pour y introduire la noirceur du crime. Comment comprendre autrement ta soif de reconnaissance vis-à-vis de ta mère ? Toute cette gentillesse et tes demandes insistantes d'aller la voir pour lui témoigner de l'affection alors qu'elle ne t'avait pas protégée du pire. Ce fut pour moi une source d'incompréhension et parfois de tensions entre nous….Une partie de ton destin s'est écrit à cette époque puisque c'est cet événement 40 ans après les faits que tu me livreras dans la violence de tes pleurs comme le sens profond de ta souffrance.

Tu venais de rencontrer le 1er monstre de ta vie.

Tu n'as pas fait d'études. Pas de longues études j'entends. Tu as appris à lire et à écrire. Je sais encore reconnaître ton écriture : incertaine, tremblante et douce. J'aimais ton écriture. Pas de qualification comme la plupart des femmes de ton milieu et ton époque. Tu seras au service des autres puisque c'est cette place que doivent occuper les dominées.

Tu vivras donc quelques années chez les sœurs puis tu quitteras ce lieu pour entamer ta vie professionnelle par des ménages.
Une nouvelle rencontre d'un homme à 21 ans, un italien de qui tu tomberas enceinte. Amoureuse ? je n'en sais rien. Il te laissera seule avec cet enfant. Ce fut une rupture de plus, une perte de confiance supplémentaire dans la nature des hommes. Enfin vint la rencontre avec mon père qui fut malgré ses défauts l'homme de ta vie. Il accepta de reconnaître ce fils et je le crois sincèrement qu'il l'aima et l'éleva comme le sien.
Vos deux âmes, un peu perdues, se sont retrouvées par hasard sur ce territoire inconnu et immense que représentait « la région Parisienne ». Toi faisant quelques ménages lui ayant trouvé un travail dans une boucherie, tous les deux réunis par

ton père qui demanda à ton futur mari de te transmettre un cadeau.

Vous aviez tous deux quitté votre région et le « hasard » de la vie vous a fait vous retrouver. Vous alliez alors commencer à vous construire une vie. Une petite maison, un travail, 3 enfants et un chien. La parfaite petite famille. En quittant la Bretagne, c'est peut-être aussi un destin que vous mettiez à distance. Même si la vie t'avait distribué de bien mauvaises cartes lors de la 1re donne, la chance semblait avoir tourné. Vous étiez engagés dans un parcours dont je mesure aujourd'hui à quel point il représentait un immense espoir de promotion sociale ou pour le dire plus simplement la recherche d'une vie normale. À la lumière des nombreuses photos de cette époque dont je dispose (nos photos sont souvent le reflet de nos jours heureux) je peux dire que tu avais l'air heureuse, que nous avions tous l'air heureux. Il m'arrive souvent de penser qu'il n'aurait pas fallu grand-chose, un rien du tout pour que la vie tourne autrement. J'ai probablement tort sur ce plan, car au fond pour obtenir cette vie, il faut plus que de la volonté ou de la chance. Il faut disposer d'immenses ressources transmises par nos familles, nos histoires et nos classes sociales. Les destins s'acharnent et dressent en face de nous des forces de reproduction implacables et puissantes. On ne les voit pas. Elles se cachent dans les choix que nous pensons faire, mais ils n'ont rien de véritables choix.   Les monstres sont là et ils réclament leur dû. Ils demandent notre retour dans leur bras. Ils n'acceptent pas qu'on les quitte si facilement

Tout ceci (cet espoir, ce bonheur…) ne dura donc qu'un temps et des logiques vous ramèneront bien vite dans ce qui devait être votre destin, dans ton histoire, une histoire faite de douleurs, de larmes d'alcool, mais aussi de rire de tendresse et d'humanité.

Tu allais vivre 13 ans avec mon père, avoir 2 enfants supplémentaires, arracher des morceaux de bonheur, mais aussi d'immenses tristesses puisque ses propres monstres finiront par abîmer votre relation et rompre définitivement le peu de confiance qu'il te restait dans les hommes. Tu le voulais fidèle. Il n'en était pas capable. Tu le voulais généreux et protecteur. Ses propres monstres rendaient la chose impossible. Mais il t'aimait et tu le savais.

L'alcool fit très tôt son apparition dans ta vie comme un remède. Mon père raconte souvent qu'il t'avait surprise tremblante et pleurante un soir en rentrant de son travail. Face à ses questions insistantes, tu avais fini par lui dévoiler la présence sourde et sombre de ce monstre en toi que seul l'alcool réussissait à calmer. La peur de tout, de sortir, des autres, de trembler…. Tu avais raison de pleurer puisque tu venais de rencontrer ton pire ennemi. Et peut-être savais-tu déjà qu'il avait la force de gagner le combat que tu allais engager. Tes larmes en témoignaient. Comme nous tous, tu aurais souhaité être forte et sereine devant la vie qui s'ouvrait et tu te découvrais fragile et tu te pensais malade.

Nous allions vivre aussi quelque temps avec ton grand-père lorsque nous habitions Paris et il nous suivra lors de notre retour en Bretagne. Lui aussi était un homme extrêmement complexe. Il vivait dans une pauvreté crasse tout en possédant un certain capital pour peu que je m'en souvienne et que je puisse me le représenter. Il vivait dans un petit appartement et dans une misère dont je peinais à croire avec mes yeux d'enfants que cela soit possible. Nous lui rendions visite de temps en temps. Véritable musée de la misère. C'était le territoire des mouches, des odeurs et de la pourriture. J'imagine qu'il a dû économiser chaque centime, que toute sa vie a été construite pour se mettre ce petit capital de côté. Il n'en a rien fait. Son monstre lui a dévoré sa vie. Nul épanouissement possible quand ce dernier prend possession de votre corps et de vos âmes.

Il demeure un personnage essentiel de notre histoire familiale, car ce capital eu probablement une énorme influence sur nos vies.   Ce n'est pas qu'il possédait une grande fortune, pas grand-chose, mais suffisamment pour nous assurer une forme de sécurité permettant de chasser les angoisses de misères les plus fortes. Je crois aussi, c'est en tout cas ce que j'ai retenu de certaines de nos conversations, que cet argent aussi modeste soit il fut à l'origine de nombreuses disputes et angoisses dans votre couple.

Tu n'as jamais pu chasser tes monstres. As-tu vraiment essayée ? Il m'est souvent arrivé d'en douter. L'alcool était ton unique remède et te suffisait souvent. J'aurais tant aimé que tu t'engages sur le chemin que nous devons tous emprunter si nous voulons grandir, chemin qui représente le travail d'une vie, le travail que chacun d'entre nous doit entreprendre : des dominants ou dominés, des forts aux faibles… Une lutte pour l'émancipation contre la plus terrible des prisons : nos émotions, nos croyances, nos pensées, nos valeurs, contre tout ce qui nous gouverne. Toutes nos dominations et elles sont nombreuses. Tous, nous devons affronter nos monstres plus ou moins puissants.

Le travail de nos émotions

Elles sont les moteurs de nos vies, les fantômes qui traversent nos âmes d'enfants et prennent possession de nos corps. Apprendre à vivre, c'est aller à leur rencontre pour les apprivoiser, calmer leur rage et vivre avec leur cri. Bien souvent nous entrons dans la vie comme des marionnettes, le simple jouet de mille forces, pas seulement politiques, mais aussi émotionnelles, cognitives et existentielles. Nos liens ont alors la texture de chaînes puissantes et dévorantes. Nous regardons le monde avec les yeux des autres. Nous sommes le regard que nous portons sur le monde. Mais d'où vient-il ce regard ? Quelles sont les forces qui dans la profondeur de mon âme construisent ma vision du monde et mon lien à tout ce qui fait vie ?

Nous pouvons peut-être mieux nous connaître si nous chaussons des lunettes que le monde moderne nous a fait trop longtemps retirer, en convoquant d'autres concepts venus d'un autre monde, moins matérialiste. Et si mes souffrances avaient la couleur de la spiritualité qu'elles seraient -elle ? Grandir c'est alors aller à la rencontre de différents objets ou plutôt forces existentielles puissantes et ravageuses que sont la solitude la maladie, la déchéance, le manque et toutes leurs sœurs.

Elles sont là, toujours présentes. Elles sont le filtre avec lequel je vois le monde. Elles sont mon monde. Elles sont mes yeux.

Nous sommes tous le capitaine du bateau de notre vie et tourne autour de nous de multiples monstres marins qui tentent de prendre le gouvernail pour nous emmener là où ils veulent. Il est impossible de les faire descendre du bateau, car nous ne pouvons traverser la vie sans angoisse. Nous pouvons passer notre vie à lutter, mais ils reviennent toujours sous d'autres formes ou à d'autres moments. Nous pouvons aussi les laisser crier, car en vérité ils n'ont que le pouvoir que nous leur donnons. Ils n'ont pas de réelles puissances, pas de forces. Ils se nourrissent de notre lutte. Ce capitaine est bien une figure de l'homme libre, un homme nécessairement tourmenté (nul ne peut y échapper), mais qui continue de naviguer, guidé par ses valeurs, ses engagements, ses amours cohabitant avec ses monstres de manière apaisée.

Nous avons tous nos monstres et ceux des dominants sont parfois bien plus mortifères et puissants que ceux des dominés ou plutôt, pour être tout à fait honnêtes, leurs puissances et leurs toxicités ne dépendent pas de la position sociale que l'on occupe. Les inégalités sur ce plan ne se cachent pas dans la nature des angoisses (nous allons tous mourir et nous devons affronter cette catastrophe intime pour en faire soit un poison soit une énergie de vie), mais les inégalités donc se cachent dans l'éventail et la richesse des réponses possibles. Autrement dit, dans quelle mesure le milieu dans lequel je baigne (famille, classe sociale, école, média…) me donne accès à des ressources existentielles, m'ouvrant des chemins d'émancipation ? Il est possible que la possession d'une certaine forme de capital économique, culturel, relationnel et symbolique offre un certain nombre de ressources pouvant faciliter la mise à distance de quelques angoisses. Je n'ai aucune certitude sur ce plan tant j'ai côtoyé des dominants dont les monstres vampirisaient totalement leur âme. Il suffit pour s'en convaincre de regarder la pauvreté de vie de nombreux riches, enfermés dans ces compétitions matérielles puériles et destructrices.

Après tout, si l'argent peut éloigner la peur du manque, il ne peut rien contre la maladie, la jalousie et tous ces autres fantômes. Il m'arrive même de penser (de constater ?) que la puissance confronte son détenteur à des formes spécifiques de risques existentiels. Les pathologies du pouvoir (les pathologies du narcissisme, de l'aveuglement, de la domination, de la distinction, du matérialisme, de la supériorité…) peuvent nous faire emprunter de bien curieux et sombres chemins. Pour pouvoir dominer sereinement, il me faut construire un monde mental dans lequel une telle domination se justifie et peut se perpétuer fut-ce au prix de distorsions cognitives, d'aveuglement (sur les conséquences écologiques par exemple) et/ou d'une grande mauvaise foi. Dominer, c'est aussi affronter certains monstres. Et puis n'oublions pas que nous arpentons tous des territoires de domination certes ils sont parfois résiduels et même affreusement modestes, mais la valeur d'une vie se mesure toujours à ce que je fais du pouvoir qu'il m'est donné de posséder aussi mince soit-il. Je peux être un dominé au travail et un dominant tyrannique dans l'intimité de mon foyer familial, dans le rapport à mes enfants, devant cet étranger avec qui je travaille…. Une partie de mon âme se révèle dans cet usage du Soi quand la vie fait de moi un puissant créateur.

Pour les bouddhistes, le sens profond de l'existence consiste à rechercher l'éveil c'est-à-dire à engager un travail sur soi permettant de sortir de nos nuits et de chasser les fantômes qui les peuplent. Toutes leurs connaissances, leurs pratiques, leurs institutions sont centrées sur cet objectif de libération de l'esprit. C'est le sens profond qu'ils donnent à leur vie. Je me retrouve dans cette idée que la valeur d'une société se mesure entièrement aux types de travail psychique qu'elle nous invite à faire. Dans ce domaine, il faut reconnaître que le capitalisme tend plutôt à nous rendre aveugles et sourds. Ce système fait de l'ignorance sa principale ressource. Car si nous « savions », si nous travaillions à savoir nous ne pourrions continuer le court ordinaire de nos vies. Nous ne pourrions plus nourrir le système de nos actes de consommations. Nous ne pourrions « plus perdre nos vies à essayer de la gagner ». Nous abandonnerions nos enjeux distinctifs puérils. Nous comprendrions le désastre écologique et l'éradication de la vie sur terre générée par le système. L'ignorance est parfois la meilleure ressource.

Nous avons tous nos démons. Même chez les bouddhistes, certains de leurs représentants semblent dominés par les passions les plus triviales. Ainsi le « vénérable W » en Birmanie a beau être bouddhiste, il n'en est pas moins un être que la morale élémentaire peut suffire à le qualifier d'abject, habité par la haine. Une vie entièrement consacrée à l'éveil. Des heures de méditations, des siècles de savoirs pour avancer vers cette libération et demeurer raciste et haineux. Tu vois, maman, nous avons tous nos monstres.

Prenant appui sur une des trahisons conjugales de ton mari, tu as négocié le retour en Bretagne comme condition pour maintenir votre vie de couple. Cet idéal de vie normale (un chien, un pavillon des enfants….) était maintenant derrière nous. Nous l'ignorions, mais plus jamais les jours heureux ne reviendraient. Je ne sais pas ce que tu espérais trouver dans ce retour. Ta famille ? Une région ? Des ressources que tu pensais avoir perdues ? Peut-être espérais-tu qu'un changement géographique pourrait s'accompagner d'une renaissance existentielle. En réalité ce retour sonna la fin de l'espoir de cette autre vie possible et un retour en force du destin.

Nous sommes donc de retour en Bretagne : une autre maison, pas de chien… Bien entendu, ce retour n'arrange rien. Nous emportons nos vies avec nous et il ne fallut que quelques mois pour comprendre que cette stratégie était un échec. La rupture était définitivement consommée. Ton mari trouva d'autres femmes. Tes angoisses n'avaient pas disparu et te voilà replongée dans ta solitude. Il faudra simplement 2 ans entre ce retour et votre séparation définitive. Nous allions rentrer dans l'ère du divorce et son cortège de violences. La nuit allait définitivement tomber sur ta vie.

Un soir, vous vous disputez plus violemment que d'ordinaire : des cris et de la vaisselle qui casse. Je comprends que tu as fait procéder à un constat d'adultère par un huissier. Mon père a donc été surpris en bonne compagnie au petit matin par un auxiliaire de justice. Il est dans une colère noire. Il quitte la maison. Tu le retiens, mais en vain. Cette journée restera gravée dans ma mémoire comme celle de votre rupture. Elle fut celle de la déclaration de guerre, car c'est bien une guerre qui allait advenir. Elle serait sans merci et très longue.

Le travail de nos ruptures

Nous serons à jamais déchirés par nos ruptures existentielles. Personne ne peut échapper à ces terribles perte de soi.

Tout recommencer, tout perdre : cet enfant que nous chérissions, cette femme qui a fait notre vie, ce travail auquel nous avons sacrifié tant de choses.
Pour le meilleur et pour le pire, ne plus jamais être ce que nous avons été quand le destin l'a décidé

Vous tenterez par tous les moyens de gagner les différentes batailles. : celles de l'argent et des enfants furent les principales. Sur conseil de vos avocats (il me peine de parler de « conseil » tant leur stratégie consistant à tout faire pour gagner le divorce avait pour effet d'alimenter la colère), vous me mêlez parfois au combat comme la fois ou tu m'as demandé te signer un écrit exprimant mon souhait de vivre avec toi. Devant le constat des années de souffrance et même d'errances qui suivront cette séparation, j'avoue m'être souvent demandé si cette option était la bonne. Après tout, pourquoi ne pas avoir fermé les yeux ? Tu n'aurais pas été la 1re ni la dernière et cette vie commune t'avait aussi apporté son lot de bonheur et même parfois de la chaleur et de l'amour. Je crois que tu as eu peur de tout perdre même ce petit capital de ton grand-père. La perspective d'une séparation de plus en plus probable a fait disparaître le minimum de confiance nécessaire. Au fond cet héritage fut autant une bénédiction que le tombeau de votre couple.

En 1982, s'ouvre donc la période de séparation et pour moi la sortie de l'enfance avec ta première tentative de suicide. Elles seront nombreuses, trop nombreuses pour que je puisse les compter, ni même m'en souvenir (ainsi même l'horreur peut devenir banale), mais cette première, oui je m'en souviens comme si c'était hier.
J'attendais le bus devant la maison. Tu étais seule et pour toi un monde plein d'incertitudes et de peurs remplissait ton esprit. Comment allais-tu faire pour vivre avec cette peur ? Il te faudrait affronter, désormais seule, de nouvelles responsabilités qui te semblaient insurmontables. Il est facile d'imaginer la terreur que cela devait susciter, toi qui avais peur de tout, de parler, de sortir…. Il est possible qu'il y ait aussi dans cette première tentative de suicide la volonté de faire mal à notre père. Une tentative de suicide est parfois la dernière des armes pour emporter une bataille. Tu es sortie de la maison, partie en mobylette et tu m'as demandé pardon en t'éloignant. J'avais 9 ans. J'ai compris. J'ai pleuré si fort que j'en ai alerté la voisine. Elle a prévenu les pompiers. Je suis monté dans le bus. Quelques heures plus tard, on est venu me voir dans la solitude de la cour de récréation pour me dire que l'on t'avait retrouvée vivante. Tu m'avais confié ma 1re mission. En effet,

tu n'avais pas attendu les quelques minutes qui m'auraient empêché de donner l'alerte. Je serais alors parti à l'école « l'esprit tranquille » et il est possible (certains ?) qu'alors personne ne t'aurait sauvé.

La haine, la colère et la souffrance qui t'habitaient avaient déjà tissé un lien particulier entre toi et moi. Par leur présence et ta volonté, je devenais ton ange gardien (tu m'appelais souvent comme cela). J'ai grandi ce jour-là ou alors je suis mort. Une certaine enfance s'est arrêtée. Ma vie a changé, un autre chemin s'est imposé à moi. Il n'est pas certain que l'on puisse parler de croissance en ces circonstances. J'ai rencontré la mort et tu as fait de moi un auxiliaire de vie avec de bien grandes responsabilités. Un rôle difficile à endosser et certainement pas un rôle pour un enfant de mon âge, mais on ne choisit pas son destin et j'essayais d'endosser cette nouvelle responsabilité avec compétences. Je crois avoir en partie réussi jusqu'à cette nuit du 29 août 2002.

Tu obtins la garde de tes 3 enfants (la chose fut un peu plus délicate pour mon frère qui allait à sa demande vivre quelque temps avec notre père, mais revient bien vite vers toi).

Le travail sur nos identités

Qui sommes-nous ? Qui voulons nous être ?

Être père, ouvrier, femme, riche, musulman…Nous devons travailler avec ces morceaux de notre Moi. Aller à la rencontre de ces pièces de vie gorgées d'histoires, de préjugées, de destin, de représentations, de politiques et tenter aussi bien que nous le pouvons de faire de chacune d'elles des richesses des ressources d'une vie riche de sens.

Nos pièces identitaires sont faites de 1000 miroirs toujours en mouvement. Il y a ceux que je place devant moi, ceux que d'autres me forcent à regarder, ceux qui je ne veux pas voir, ceux qui me font du mal...

Tous exercent une influence sur ma confiance, mes aspirations, mes projets, sur le sens de mes réussites ou échecs....
Ils sont puissants ces reflets identitaires. Avec quels yeux je me regarde ? Que vois-je dans ces miroirs ? Et que se passe-t-il quand des miroirs auxquels je tiens se brisent ?

Le divorce eut pour conséquence un autre déménagement dans ce qui allait devenir notre nouvel univers de vie. Nous allions découvrir et habiter au sens spirituel un nouveau monde. Pas si nouveau en vérité, car nous étions faits pour venir vivre ici. Il nous attendait depuis des années. Peut-être même s'impatientait-il. Nous allions tout de même subir une véritable conversion identitaire, sociale et spirituelle. Nos territoires de vie sont les porteurs de nos destins. Nous quittions cette maison de campagne et cette apparente normalité (elle n'avait plus grand-chose de normal, mais une maison peut aussi servir à sauver les apparences) simplement 2 ans après notre retour en Bretagne pour aller à la rencontre de la «cité du clos Basnier» à Dinan. Elle allait devenir notre territoire de vie pendant 20 ans.
« La cité » puisque c'est le nom que nous allons lui donner fut donc notre univers d'accueil suite à cette rupture familiale. Mon père gardera un temps cette maison de campagne qu'il finira par vendre assez vite pour rejoindre également un appartement puis une cité proche de quelques kilomètres de la nôtre.
Ce nouvel environnement fut pour mon frère une épreuve morale. Je pense qu'il conscientisa mieux que moi le profond déclassement et la fin d'une certaine vie que ce nouveau lieu signifiait. Il avait déjà quitté la région parisienne et son réseau d'amis avec douleurs et chaque déménagement représentait une forme de déchéance symbolique supplémentaire, un pas

supplémentaire vers la fin d'un monde social et familial. Nous étions passés du petit pavillon de banlieue à la cité des pauvres.

- De nouveaux amis, de nouveaux liens

De mon côté, mon arrivée dans cet univers fut l'occasion d'élargir mon réseau d'amis. Au fond, j'avais été seul dans cette famille et j'avais désormais des dizaines d'amis à ma disposition. Aussi surprenant que cela puisse paraître cet univers n'était pas associé à une quelconque forme de pauvreté. Je ne garde en mémoire aucune conscience de dévalorisation symbolique même si je sais qu'une telle chose fut probablement éprouvée dans mon corps. Il me semble même me souvenir du sentiment d'accéder à une nouvelle position sociale valorisante. Je n'avais jusqu'à présent jamais éprouvé le plaisir de devenir un dominant et je le devenais un peu parmi les dominés. La chose peut sembler étonnante, mais les logiques de distinction à l'œuvre dans les rapports sociaux reposent parfois sur de subtiles différences qui n'en produisent pas moins des effets psychologiques et sociaux relativement puissants. Nous avions de bien faibles capitaux, mais suffisants pour nous donner une certaine position. Nous avions bougé (nous venions de la Région Parisienne) . Cela nous conférait une certaine distinction. Nous avions aussi un petit capital économique modeste, mais suffisant. Enfin, notre père était tout de même présent dans un univers où tous les pères avaient disparu et cette présence (ce capital paternel ?) représentait également une forme de ressources symbolique.
L'espace amical qui s'ouvrait à moi me permit de sortir de cet univers familial trop longtemps soumis à l'emprise de personnalités complexes que ce soit la tienne, mais aussi celle de mon frère ou encore de mon père. Toutes à leur façon faisaient régner un certain ordre familial dans lequel de multiples formes d'amour et de tendresse étaient présentes, mais à l'intérieur duquel des crises pouvaient faire irruption et introduire des formes de peur. Seule ma sœur représentait une

oasis de paix (elle quittera toutefois bien vite le foyer familial, à 18 ans).
La cité m'apporta donc des ressources relationnelles et symboliques nécessaires pour trouver en dehors ce que je ne trouvais pas ou plus à l'intérieur. Mon quotidien fut rempli d'une sociabilité nouvelle faite de parties de football, de poker et de discussions. Tous les jours nous étions 5 à 10 parfois 15 à nous rejoindre pour jouer. Une nouvelle socialisation s'opérait.

J'appris très vite à comprendre que le monde de la cité se séparait en grands clans. Aujourd'hui je parlerais de classe, d'identité ou encore d'habitus. Nous avions ainsi une grille de lecture sociale et psychologique fine et pertinente.
On se forgeait d'abord une identité dans notre rapport à l'ordre social.
D'un côté, ceux que je considérais comme les transgressifs. Ils m'inspiraient une forme de crainte. Pour eux leur quotidien était rempli de bagarres et de drogue (notamment en respirant de la colle dans des sacs en plastique), de multiples formes de violence, une remise en cause de l'ordre social, une certaine occupation de l'espace et au fond des difficultés à contrôler ses émotions. Ils nous inspiraient aussi un sentiment d'admiration. Nous leur imaginions des vies pleines d'aventures. Ils incarnaient à leur façon une sorte de courage et de virilité. Ils possédaient un type de capital, un capital guerrier[1], pour reprendre une notion de Thomas Sauvaded et force est de reconnaître que ce type de capitaux était particulièrement rentable dans ce monde
« Le « capital guerrier » était le capital le plus rentable au sein du milieu concerné. Qu'est-ce que ce « capital » ? Il comprend évidemment le « capital physique », mais renvoie aussi à une

---

[1] Thomas Sauvadet, Le capital guerrier. Concurrence et solidarité entre jeunes de cité, Armand Colin, coll. « Sociétales », 2006, 303 p., EAN : 9782200347024.

forme de discipline morale (ne pas se soumettre, défendre son honneur, connaître les règles de l'école de la rue, etc.), à l'outillage de la violence et au vice (expression des acteurs). Le vice représente la manipulation d'autrui et fait la différence entre ceux qui connaissaient la rue et les bouffons (expressions des acteurs). Ces derniers se faisaient posséder sans s'en rendre compte. Même s'ils étaient athlétiques, même s'ils étaient bagarreurs, le vice permettait de les utiliser sans qu'ils s'en aperçoivent, de les niquer: un terme qui désigne autant la jubilation engendrée par l'escroquerie, que le caractère actif et masculin de l'escroc. Avoir du vice, c'était être un expert des ruses efficientes dans le milieu appréhendé, notamment dans les relations du business ».[2]

De l'autre « les respectueux » (d'autres diraient les soumis), pour eux dont je faisais incontestablement partie, aucune rébellion psychologiquement possible, discrétion, manque de de confiance en soi, être aussi invisible que possible surtout ne pas franchir des lignes de l'ordre social. Peut-être qu'au fond faute de posséder le capital guerrier (nous manquions de force physique) nous nous devions de jouer un autre jeu, de rentrer dans le rang pour exister et tenter de faire prévaloir d'autres formes de ressources (capital intellectuel, humour…)
D'autres formes d'identités possibles, espérées, rejetées, choisies ou imposées nous travaillaient
La couleur de peau, les origines ouvraient également des espaces de distinction et de luttes identitaires et surtout ne pas oublier le capital physique et sa place déterminante dans les rapports sociaux.
Michael faisait partie des familles les plus pauvres de la cité et comme beaucoup d'entre nous, Il n'avait pas les moyens de s'acheter des vêtements à la mode. En outre, ses résultats

---

[2] Sauvadet, Thomas. « Causes et conséquences de la recherche de « capital guerrier » chez les jeunes de la cité », *Déviance et Société*, vol. 29, no. 2, 2005, pp. 113-126.

scolaires étaient particulièrement mauvais et il avait intégré une section spéciale du collège. On peut donc dire qu'il était dominé dans de nombreuses dimensions de sa vie, mais il n'en possédait pas moins une immense ressource : il était particulièrement beau. Ce capital physique lui permettait de multiplier les conquêtes et nous devenions tous envieux et admiratifs. J'ai ainsi pu assister à des scènes étonnantes : après un simple jeu de regard et de séduction avec une jeune fille adossée au comptoir du bar que nous fréquentions, il s'est levé et sans qu'ils se soient adressés le moindre mot se sont embrassés nous laissant ainsi médusés. Dans ce monde, il nous dominait tous et sa confiance était énorme.

Je garde encore aujourd'hui un souvenir ému et une pensée affectueuse pour chacun de mes amis Ken (qui finit par développer une schizophrénie très jeune), Pascal, Pierrick, Alphonse, Régis, Alain, Bruno, Christian, Michael, Titi, Patrick et tant d'autres que j'oublie encore…ils remplirent ma jeunesse d'une profonde chaleur même si nos relations n'étaient pas un long fleuve tranquille et qu'il fallait apprendre à se défendre non par la force physique, mais par la tchatche et l'humour. Le sport et notamment le football suffisaient à nous rassembler, à mettre de côté toute hiérarchie sociale ou scolaire, tout sentiment de dévalorisation pour nous laisser investir un monde enchanté où seul le talent footballistique détermine la valeur d'un individu.

- La cité des femmes ?

Cette cité était aussi la cité des femmes. Non pas que nous puissions dire que les femmes dominaient cet espace, mais elles y étaient majoritaires, très peu d'hommes dans ce territoire de vie. Rien à voir avec le hasard. Toutes ces femmes avaient vu leur parcours de vie marqué par le départ de leur mari, conjoint ou amant. Ainsi, aucun de mes amis n'a grandi avec la présence d'un père. La présence du mien même partiel me conférait d'ailleurs un élément de supériorité symbolique.

Ces pères biologiques avaient tous abandonné femmes et enfants. Plusieurs d'entre eux avaient même refait leur vie dans un autre lieu avec une autre famille, d'autres enfants dans une belle maison laissant cette 1re vie et les enfants qui vont avec dans une forme d'abandon. Je me souviens des tentatives désespérées et désespérantes de certains amis pour reprendre contact avec eux et du rejet violent dont ils furent victimes par tous les membres de cette nouvelle famille (père compris).
Nous trouvions tout de même quelques figures masculines : celles très rares des « Mari et Père » et celle des « jeunes adultes ».
Les « mari et Père » : nous pouvions trouver quelques couples et donc des figures masculines et paternelles. Mais force est de constater que leur présence témoignait d'une histoire de vie complexe. Tous ceux qui avaient la possibilité de quitter ce lieu pour élever leurs enfants dans un autre espace social s'empressaient de le faire. Il existait donc toujours une explication au fait qu'ils soient encore présents et ces explications avaient toujours à voir avec les fragilités de la pauvreté. Elles étaient principalement à trouver du côté du chômage, de l'alcool, de la violence, de la maladie voir de la folie. Le père de Michael et Christian représente parfaitement cette figure masculine. Je l'appréciais malgré ses immenses fragilités avec l'alcool ; Il m'a appris le palet. Il finira par quitter le foyer familial et deviendra clochard (là où certains milieux peuvent voir leurs ami(e)s et donc leurs semblables réussir et devenir avocat ou médecin d'autres doivent affronter d'autres formes de trajectoires qui même si elles ne les concernent pas toutes personnellement n'en représentent pas moins des destins possibles). Ce fut avec une immense tristesse que je dus parfois croiser son regard pendant qu'il mendiait, lui qui avait été des nôtres. Simon est aussi un autre représentant de cette vie. Arrivé de la Guadeloupe, très élégant, bon joueur de foot, nous avons passé beaucoup de temps ensemble. J'éprouvais une vraie fierté à le fréquenter (nous avions 10 ans d'écart et il disposait d'un charisme rassurant).

Je ne sais pas ce qu'il est devenu. J'ai bien peur que les choses aient mal tourné puisqu'il est apparu évident que l'alcool prenait de plus en plus de place dans sa vie au point de lui faire perdre de sa splendeur et de son charisme. C'est une partie de la vérité de la violence sociale qui se livrait dans la dégradation des corps et des esprits et que la jeunesse et la beauté nous épargne le temps que dure cette jeunesse. Les inégalités sociales ne livrent la violence de leurs effets qu'avec le temps qui passe et fracassent les âmes et les corps. La jeunesse offre encore l'apparence des illusions de la splendeur des vies possibles.

L'autre figure masculine dans ce territoire s'incarnait dans ce que l'on peut appeler « Les Tanguy[3] populaires » figure de l'éternel adolescent, le fils vivant encore chez sa mère bien qu'ayant largement atteint l'âge de l'autonomie (Dominique, Alain, Daniel, Gazean….). Leur adolescence se prolonge éternellement faute de travail, mais surtout faute de trouver l'âme sœur … À bien des égards, la rencontre d'une femme constituait pour beaucoup des jeunes hommes de la cité une voie possible pour infléchir la trajectoire. Pour différentes raisons, beaucoup d'entre elles représentaient un support social, symbolique et affectif permettant de traverser la vie différemment. La mise en couple d'accompagnait donc souvent voire systématiquement du départ de la cité (et le divorce par le retour). Certaines mises en couple scellaient toutefois des destins mortifères notamment quand les deux souffraient d'un problème d'alcool.

Pour de multiples raisons (forces sociales ?), les Tanguy populaires demeuraient célibataires (faible valeur sur le marché matrimonial, manque de capital physique, manque de compétences dans le domaine de la séduction, timidité….).

---

[3] Tanguy est une comédie française coécrite et réalisée par Étienne Chatiliez, sortie en 2001. Elle relate l'histoire d'un éternel adolescent.

Sans ce couple, le départ du cercle familial apparaissait plus complexe ou moins nécessaire.

Je trouvais ainsi dans cette cité quelques rares pères de substituions (Simon, Alain, Daniel) tous de 10 ans mes aînées avec qui j'aimais traîner et qui m'acceptaient comme un dès leur malgré mon jeune âge. Même si je ne les vois plus depuis bien longtemps, je reste profondément attaché à chacun d'entre eux, aux temps que nous avons passés ensemble. A leur façon, ils m'ont aidé à grandir. Ils ont représenté des figures masculines rassurantes même si les chemins vers lesquels ils me guidaient n'avaient rien de bien sage et qu'au fond, j'aurais du mal à dire ce qu'ils m'ont véritablement transmis. Probablement de l'affectation (et l'envie de m'aider ?). C'est déjà énorme. Il est probable que nous n'ayons plus grand-chose en commun et les rares fois où il m'arrive de les croiser me confronte à cette terrible réalité. Le temps efface tout ce qui a pu compter pour n'en laisser que quelques vagues souvenirs, une émotion profonde. J'éprouve quelques fois cette émotion, peut-être de la tristesse face à la disparition de mon monde de tous ces autres signifiants qui ont croisé durablement mon chemin (amis, anciennes compagnes, voisins, professeurs, footballeur, collègue…). Tous ceux qui ont rempli ma vie et tendu quelques mains précieuses. Ils sont désormais à jamais absents de mon chemin. Peut-être même mort pour certains. Une curieuse et bien sombre tristesse m'étreint. Elle brûle de la conscience d'avoir représenté beaucoup l'un pour l'autre et de même pas savoir s'ils sont encore en vie. Et quand le hasard fait se croiser nos corps, il me faut alors affronter la terrible vérité, celle d'être maintenant des inconnus l'un pour l'autre peinant à échanger quelques banalités, fuyant bien vite ce bout de relation qui nous met mal à l'aise après avoir été tant et tant l'un pour l'autre. Il arrive aussi que de telles rencontres livrent une autre vérité tout aussi triste, celle des corps qui s'abîment, des promesses de vies qui se sont éteintes. Nous étions jeunes et beaux et pleins d'envie et te croiser, voire ce bout de corps vieillissant et usé, me renvoie alors à cette promesse de vie désormais bien loin.

Pour aucun de mes amis, je ne conserve le souvenir du dernier jour où l'on s'est côtoyé. Il a pourtant existé. Nous l'ignorions, mais c'était notre dernière poignée de main. Les au revoir me manquent.

Le temps efface tout, mais la mémoire conserve parfois ces bouts d'humanité. Il me faut alors fermer les yeux et nous voir de nouveau pécher, courir et rire et vous êtes encore dans mon monde au temps où nous étions proches, au temps de notre splendeur, au temps où nous nous aimions.

Entourés de nos présences, nous investissions l'espace collectif et ainsi trouvions un autre territoire que la famille. Il nous arrivait aussi souvent d'engager de parties de palets interminables en bas de la cité. J'adorais cette vie collective de groupe fait de rires, de « chambrages », de moqueries, mais au fond de beaucoup d'affection et de douceur.

Je ne découvrirai le nom officiel de ce quartier que bien plus tard lors de mon 1er stage au centre social de Dinan. Véritable outil de politique publique, technique de classification des territoires et derrière, des âmes de leurs habitants nous vivions à Dinan dans le quartier pauvre « le quartier nord-est ».

Ce n'est que quelques années plus tard poursuivant notamment mes études que je commençais à prendre conscience de la pauvreté de ce quartier. Il m'arrive encore de me demander s'il s'agissait vraiment d'une prise de conscience ou d'une autre forme de domination, car après tout cette nouvelle vision de ma vie et de ce territoire à travers les concepts de pauvreté, misère, domination ne correspondait en rien à mon vécu et de telles grilles de lectures de la réalité salissaient même mon enfance, ma vie et mes amis.

Il me faut aussi savoir reconnaître qu'un vécu peut aussi être peuplé d'illusions. Nous pouvons vivre heureux dans une forme de misère. Aussi difficile que soit cette découverte elle porte une part de vérité et de libération. Nous ignorions en partie pendant cette enfance la part d'injustices, d'inégalités, de misères et des autres vies possibles qui auraient pu rendre notre existence plus riche, nous ouvrir d'autres horizons et d'autres perspectives. Encore aujourd'hui je ne sais quel camp choisir. Je ne sais quelle histoire retenir : celle de la vie collective joyeuse et lumineuse de mon enfance ou celle de la misère et de la pauvreté.

A tout bien considéré, il n'est pas anormal que le monde de l'enfance nous protège d'une certaine vision du monde. Dans les yeux d'un enfant, son monde correspond au monde. Il nous faut souvent entamer un voyage social et géographique pour remarquer que notre vie n'est pas la vie, que d'autres vies sont possibles plus douces, moins angoissantes. Et puis les autres vies possibles nous ne les voyons pas. Elles se vivent dans d'autres lieux, dans d'autres foyers que nous ne fréquentons pas. Bien sûr la télévision nous donne une fenêtre sur un monde et un mode de vie plus bourgeois, mais qui peut croire ce spectacle. En grandissant, le spectacle des vies de nos proches qui s'abîme ne peut laisser indifférent et facilite ainsi l'émergence d'une conscience politique. Les décès, maladies, alcools, violences, déscolarisations, mépris, hontes finissent par prendre place dans nos existences, nous toucher ainsi que nos proches faisant ainsi grandir la conscience de ce que ce quotidien cache.

Ce processus de prise de conscience nous pouvons très souvent d'ailleurs l'expérimenter lors de certains voyages où tel un ethnologue nous prenons conscience du caractère relatif de nos coutumes et de notre culture. Notre façon de vivre de manger nous apparaissait comme naturel et c'est au contact d'une autre culture qu'elle nous apparaît désormais pour ce qu'elle est : une parmi d'autres et peut-être même une moins bien que les autres

Le travail de nos yeux

Il nous a manqué beaucoup, peu importe que nous le conscientisions ou pas. La pauvreté se déploie de nombreuses façons et prend de multiples visages. Elle peut être économique bien sûr, mais aussi culturelle, sociale, sexuelle, symbolique, géographique, relationnelle, et au fond psychique. J'entends par là imprégner ce que nous sommes au plus profond de nous, structurer notre rapport au monde. Même notre rapport sensoriel au monde peut être pauvre pour ceux qui ne possèdent pas le capital sensoriel nécessaire. Apprendre à voir, entendre, écouter, sentir, toucher le monde et se laisser toucher par lui.

Je me souviens de ce professeur de Français touché par la poésie. Il m'a ouvert une porte par la simple lecture d'un texte. J'ai oublié les mots, mais c'est sans importance... Ce que j'ai entendu je m'en souviens : viens ! Suis-moi ! J'ai quelque chose à te montrer qui fait briller ma vie ! N'aie pas peur et ouvre ton âme à la beauté de ce monde que l'on appelle la poésie !
Je les reconnais maintenant ces gens qui ont ouvert cette porte. Je crois qu'ils ont le pouvoir de pénétrer un monde. J'aime l'idée que chacun de ces mondes existe vraiment quelque part dans une autre réalité. Nous devons alors des explorateurs de territoires, des aventuriers psychiques.... Mais qu'il m'en fallut du temps pour ouvrir ces portes, que de temps perdu à fermer les yeux et me cogner au monde.

Mon enfance s'est en partie passée en Bretagne dont l'immense beauté m'est apparue tardivement. Il m'arrivait même de m'emporter devant l'enthousiasme de beaucoup sur la beauté de notre ville. Il est facile en effet de résumer une ville à sa vitrine. Notre quartier n'était pas particulièrement beau et dire que Dinan est une belle ville n'était-ce pas nier l'existence de notre quartier comme une composante de cette ville ? D'un autre côté, ce refus de voir la beauté de cette ville me privait aussi d'une ressource existentielle possible. Il m'aura fallu en partie déposer les armes pour apprendre à regarder et à écouter le monde. Les enfants que nous étions n'avions pas appris à regarder. Nous aurions couru le risque de voir trop brutalement la laideur symbolique de notre espace. Plus que tout, il nous a manqué de pouvoir regarder le monde avec sensibilité, de développer ce rapport sensible et esthétique à notre environnement enfermé que nous étions dans notre quartier, et plus globalement dans nos révoltes, nos souffrances, nos angoisses et notre virilité. Une part de la pauvreté se trouve cachée là. Elle n'est pas simplement dans la faim, mais aussi dans le silence du monde.

Harmut Rosa dans son livre Résonance ne dit pas autre chose quand il analyse les inégalités les plus profondes à travers le concept de résonance c'est-à-dire de la capacité dispositionnelle à écouter le monde

« Le travail que j'ai pu mener pendant plusieurs décennies auprès d'adolescents surdoués m'a convaincu d'une chose : la caractéristique première du don, ce n'est pas l'intelligence, mais la capacité de résonance. Si tant est que les adolescents surdoués se distinguent des autres, c'est par intérêt profond qu'ils portent à presque toutes les choses du monde (sport, musique, physique, politique, astronomie, théâtre etc.) et par leur conviction qu'ils peuvent faire parler ces choses, qui sont capables d'instaurer avec elle 1 rapport responsif, gage d'efficacité personnelle. Les adolescents désavantagés ont tendance au contraire à adopter vis-à-vis des choses une attitude consistant à dire : « c'est nul, je n'aime pas, je ne vais pas y arriver, de toute façon ça ne va pas marcher.... ». Ils n'attendent aucune rencontre, aucune interaction pensent-ils *ne peut leur parler, les concerner les transformer. Les jeunes enfants sont des êtres de résonance »*

Travailler à disparaître

Nous pouvons chercher à disparaître, nous effacer temporairement de notre vie devenue le temps d'un souffle ou pour l'éternité trop lourde à porter.
 Avoir une bonne image de soi est une chose essentielle pour se développer. Une telle image se construit en allant puiser dans de multiples référentiels de grandeurs possibles : sa famille, sa classe sociale, son quartier, ses résultats scolaires, ses vêtements, son physique….et quand la plupart de ces référentiels vous positionnent en bas de l'échelle, il est difficile d'affronter le monde avec la confiance, le sentiment de compétences et d'efficacité personnelle nécessaire.

Je crois qu'alors se déploient des stratégies de disparition de soi[4] . David Le Breton dans son ouvrage « disparaître de soi : une tentation contemporaine » dresse une typologie des stratégies contemporaines de telles disparitions à soi : l'errance, l'immersion dans une activité, le développement des personnalités multiples, les dépressions autant de formes possibles témoignant de cette envie de disparaître.
 Mais au fond ce n'est pas tant la soif de disparition qui est problématique que les moyens et les buts que nous allons poursuivre à travers ce processus.
« Il arrive que l'on ne souhaite plus communiquer, ni se projeter dans le temps, ni même participer au présent ; que l'on soit sans projet, sans désir, et que l'on préfère voir le monde d'une autre rive : c'est la blancheur. La blancheur touche hommes ou femmes ordinaires arrivant au bout de leurs ressources pour continuer à assumer leur personnage. C'est cet état particulier hors des mouvements du lien social où l'on

---

[4] David LE BRETON – Disparaitre de soi une tentation contemporaine Edition métailié 2015

disparaît un temps et dont, paradoxalement, on a besoin pour continuer à vivre ».

Ta vie maman fut marquée par cette tentation de la disparition : ta phobie sociale (l'envie d'être invisible), l'alcool comme forme instituée de la disparition et pour finir, ton suicide figure paradigmatique de la disparation de soi au monde. La disparition fut pour toi plus qu'une envie, une quête permanente. Tu es allée d'abreuver (dans tous les sens du terme) à toutes les sources d'effacement possibles mises à ta disposition, à cette technologie culturelle socialement instituée nous permettant de ne plus apparaître.

Nos vies sont pétries de nos envies de disparaître à nous même. La disparition de soi, c'est aussi l'éloignement d'un Moi fardeau, souffrant, angoissant, bien encombrant en somme et parfois c'est aussi cette disparition de soi qui fait éclore la rencontre du Soi. Le livre de David LEBRETON dessine à ce titre un portrait bien sombre de cette tentation. Il en existe pourtant des formes positives. L'expérience optimale bien étudiée par la psychologie positive représente une manifestation possible de disparation positive de soi. Ainsi, pour l'artiste immergé dans son activité le « Je » tire sa révérence temporairement pour laisser le monde parler et créer à travers ses mains. La pratique de la méditation me fait goûter au charme d'une telle disparation, de n'être plus qu'un souffle, de ne faire plus qu'un avec le monde…… Nous pouvons lire nos vies et les vies (et les civilisations) aux formes que prennent ces tentatives de disparition de soi. Il est des formes de disparation qui font grandir et d'autres, rongées par la mort. Il est bien possible que les inégalités les plus fortes sont à chercher du côté des inégalités des ressources de disparition.

Parmi toutes les manifestations possibles de cette disparation de soi dans la cité des pauvres, l'usage de l'alcool et des drogues en était donc la plus éclatante. Dans la palette des techniques d'effacement de soi, ils sont les plus simples, les plus commodes, mais aussi ceux qui font souvent sortir nos démons des prisons dont il ne demande qu'à s'échapper. Je ne crois pas qu'il y ait de beauté là-dedans.

Au quotidien, l'usage de l'alcool prenait de nombreuses significations : la plus banale mais aussi la moins vraie était celle de la fête. Officiellement, cette culture de la défonce était une culture de la fête, du rire et du partage. Derrière ce sens moral, cette vitrine, se cachait bien d'autres raisons de se cacher de soi. En effet, nous trouvions une grande diversité de consommateurs et nous étions tous en capacité d'en repérer et décliner les grandes figures sans difficulté. Nous pouvions tout d'abord distinguer les consommateurs d'alcool de ceux de la drogue (même si certains mangeaient aux deux râteliers). A ce premier axe de distinction, nous pouvions tracer une autre limite entre les consommateurs occasionnels et les réguliers. Enfin nous pouvions mettre en évidence une 3e ligne de séparation permettant de différencier les consommateurs sans limites des plus raisonnables. Pour les uns, la quête d'ivresse et de disparition de soi devenait le but de toute leur existence. Les individus les plus inquiétants étant naturellement ceux cumulant les 2 modes de consommation sans limites et quotidien. Nous les voyions régulièrement déambuler dans les rues titubant parfois vomissant, totalement disparu à eux même, parti dans une autre réalité. L'alcool nous ouvre les portes d'une autre vie, d'un autre soi en partie dégagé de certaines angoisses. Il se peut que leur vie leur semblait bien trop fade. Beaucoup d'entre eux moururent jeunes dans des conditions souvent sordides. Ce fut d'ailleurs mes premières confrontations avec la mort de proches. Daniel occupe encore dans ma mémoire une place particulière. Ma mère avait pour lui une grande affectation. Il faut dire que chez lui tout était démesuré : sa taille, sa sensibilité et bien sûr sa consommation...Nous assistions hilare aux spectacles de son retour à la cité : trois pas en avant, deux en arrière restant debout par un défi aux lois de l'apesanteur...En dehors de ces périodes d'ivresse, il m'apparaissait plein d'humours et de finesses au point où il m'était difficile d'associer les deux personnages. Il est mort à moins de 30 ans. Il a été retrouvé noyé dans son vomi.

Dans notre monde, cette consommation d'alcool représentait le principal outil de travail sur soi. Un remède contre la timidité, une rupture ou une petite dépression, une tentative de se construire un autre rapport au monde, un verre et tout s'efface pour quelques secondes. C'est à travers cet usage que tu as découvert l'alcool maman et ce compagnon de route ne t'as jamais quitté. On peut juger une société aux outils qu'elle met à disposition de ses membres pour affronter la vie et force est de reconnaître que « le soin psychique » par l'alcool a encore de beaux jours devant lui.

Quand le travail psychique d'une vie se trouve à porter de main, il est tentant de porter le verre à la bouche. Toutes nos prisons peuvent temporairement s'effacer. Vous êtes timide. Vous voilà sociale. Vous êtes triste. Vous voilà d'une gaieté sans limites. Mais il arrive un moment et il arrive assez vite où ce remède se retourne contre le patient. La culture de l'alcool compense la faiblesse de la culture émotionnelle présente dans l'espace social. Notre monde intérieur est peuplé de monstres de toute nature. Nos émotions peuvent vite devenir mortifères et l'on ne peut être que marqué par la faiblesse du travail éducatif que la société nous propose dans ce domaine. On nous apprend les maths et le français, mais on ne nous dit pas grand-chose de cet immense territoire que nous allons devoir découvrir seul : notre psychisme et ces monstres. Mais nous avons l'alcool…..

De ton côté maman, tu passais du stade de consommatrice quotidienne avec une certaine limite à celui de « sans limite » discrètement, insensiblement, mais assurément. Rien n'a jamais pu arrêter cette trajectoire, cette carrière pour reprendre une expression de Becker[5] qui me semble bien traduire l'idée que nous occupons différentes positions sociales et

---

[5] H. S. Becker, Outsiders. Étude de sociologie de la déviance.

symboliques, différentes identités au fil du temps dans ce parcours mortifère. L'alcool prenait donc de plus en plus de place dans ta vie et dans la nôtre. Il donnait naissance à une autre mère, colérique, imprévisible, susceptible et suicidaire. Cette autre mère était relativement peu présente au début de notre arrivée dans la cité. Tu avais plutôt un alcool discret. Il s'agissait d'un alcoolisme médicamenteux, une béquille chimique qui te permettait de sortir. J'ignore précisément la quantité de bières que tu consommais quotidiennement, mais elle me semblait acceptable, car à part ces épisodes festifs elle ne se traduisait pas par une perte conséquente de tes capacités. Mais cette frontière s'effaçait de plus en plus. Cette autre mère, cet autre monde peu présent au début faisait de plus en plus souvent son apparition.

Nous allions engager le plus grand des voyages sans quitter cet appartement et l'alcool était le billet d'avion. Enfermés dans cet appartement, nous changions pourtant de monde brutalement. Tu devenais imprévisible et nous basculions d'un jour à l'autre dans un autre univers. Tu pouvais rester des jours dans un état second, mélange de tristesse et de haine. A l'image du combat entre le docteur jekyll et Mister Hyde, je vivais avec deux mères que tout opposait. À la douceur de l'une succédait la violence de l'autre. À l'amour.....la colère...A la lumière, la nuit….
La mère aimante et douce s'effaçait soudainement pour laisser place à un mur de douleurs trônant dans la maison scrutant les moindres réactions pour justifier une bière supplémentaire. Une lutte en toi s'était engagée. Le combat de 2 âmes, de deux « Soi » dont les résultats de chaque bataille quotidienne dépendait le cours de nos vies ordinaires. Chaque jour une bataille, chaque jour une victoire ou une défaite. La mère douce et aimante perdait le combat ? il y avait alors le déploiement de la violence de l'imprévisibilité et la présence constante de ce risque, de cette épée de Damoclès. Sous l'effet de l'alcool, notre monde devenait peuplé de danger. Je vivais ainsi avec la

crainte que tu laisses le gaz allumé, mais surtout la peur que tu convoques de nouveau la mort. Parfois tes erreurs pouvaient prendre une allure quasi comique (mettre 20 steaks à cuire dans un pauvre poêle manifestement trop petite…). Il me fallait être vigilant. Toujours aux aguets du moindre bruit. Les sons portent un monde avec sa langue et aujourd'hui rien ne me semble plus beau et rassurant qu'un silence, car j'ai tant et tant écouté ton monde.
Parfois la mère aimante sortait victorieuse et alors s'ouvrait quelques jours de sourires, d'échanges et d'une certaine façon de bonheur. Aussi étrange que cela puisse paraître, tu pouvais être très souvent heureuse quand tu ne buvais pas. Je rencontrais ainsi le paradoxe de l'alcoolique : tu buvais pour être heureuse ou pour oublier ton malheur, mais l'alcool ne te donnait même plus l'illusion qu'il avait pu te donner au début, une forme de joie de vivre. Il te plongeait irrémédiablement dans une profonde dépression et le remède était devenu le mal. Pourquoi buvais-tu alors ? Telle était la question lancinante qui me traversait l'esprit quotidiennement. Autant il m'était facile de comprendre que l'on puisse boire lorsque cet alcool suscitait une joie de vivre ; autant il m'était compliqué, voire impossible, de saisir les profondes raisons de ton alcoolisme au regard de l'état dans lequel il te mettait. Tu cherchais à oublier ce que à l'époque j'ignorais encore….. Les périodes les plus terribles étaient celles où tu restais ivre pendant plusieurs jours. J'attendais patiemment que la mère aimante revienne et chaque matin le résultat tombait. Pile ou face.
Notre vie fut donc un mélange étrange de belles relations, d'immense amour que tu me transmettais dans laquelle faisaient irruption des périodes de ce qu'il me faut bien appeler d'horreur, alliance d'angoisses et d'épisodes suicidaires. Nous avons ainsi tissé un lien complexe qui a eu sa beauté et sa violence. Ces périodes d'amour représentent encore aujourd'hui un socle qui m'a aidé à me construire. Il est possible que nous n'ayons pas besoin d'un flot constant d'amour, que même de simples apparitions pour peu qu'elles

soient sincères suffisent à nourrir et transmettre quelques ressources existentielles. Ma femme me dit régulièrement que c'est grâce à ces oasis d'amour que j'ai pu grandir, qu'il ne peut en être autrement, que seul l'amour peut porter des fruits et que même dans un pays ravagé on peut avoir des régions aimantes pour se mettre à l'abri que si cet amour n'avait pas été là alors rien n'aurait été possible. Il ne peut en être autrement.

Je pense avoir eu la force (ou la faiblesse c'est selon mon humeur) de décider qui tu étais et de ne pas rompre avec toi, de ne pas te reconnaître dans cette souffrance, de ne pas te réduire à cet autre dépressif et suicidaire et d'entendre l'écho de ton âme au-delà de ses douleurs même quand sa voix devenait de plus en plus faible et rare. C'était toi. Nous ne sommes pas réductibles à nos chaînes et à nos démons. Il faut parfois savoir voir au-delà, fût-ce au prix d'un immense effort de spiritualisation du regard pour y déceler les traces de tout ce qui fait l'humanité. Tu n'étais pas seule à être engagée dans une lutte. Tu m'as entraîné dans une autre guerre, la mienne consistant à œuvrer pour ne pas te réduire à cet autre dépressif, à continuer quoi qu'il en coûte, à percevoir la lumière de ton âme même dans les jours et les semaines les plus sombres. Ce fut cela mon combat et il demeure encore aujourd'hui.

Mon enfance fut donc traversée par la singularité de ton lien au monde dont la manifestation la plus visible prenait l'expression d'une profonde souffrance. Cette dernière introduisit très tôt dans ma vie de grandes questions existentielles qui ne me quittèrent jamais vraiment. C'est parfois le bénéfice des vies abimés. Elles nous confrontent à des enjeux, des situations tellement chargées qu'elles ont parfois la puissance d'ouvrir certaines portes qu'aucune des vies heureuses n'auront le pouvoir d'ouvrir. C'est bien la moindre des choses.

Travailler à comprendre

Un « pourquoi » peut faire irruption dans une vie tranquille et s'incruster dans l'esprit pour y tisser une toile. Il peut venir frapper au porte emmené par la mort brutale d'un proche. Un autre « pourquoi » peut apparaître au détour d'un vide existentiel qui grandit matin après matin
Chacun de ces « pourquoi » peut être un gouffre ou une porte ouverte sur la connaissance.

Il nous faut comprendre.

Tant que la voiture de la vie roule tranquillement dans la douceur de la nuit aucune question ne frappe à la porte, mais que survienne l'accident alors elles seront 1000 à se présenter à vous.
Il arrive que certaines réponses soient dans les livres. J'ai eu le privilège de le croire et je crois que cela m'a aidé.
C'est donc en allant à la rencontre des formes de savoirs que j'allais tenter de t'aider, de nous aider (mais aussi de partir, de quitter ce monde de souffrance, car la connaissance peut remplir bien des fonctions, mais cela je ne le découvrirais que plus tard).
La compréhension, fut pour moi une porte vers la résilience. Ainsi le savoir pouvait avoir le pouvoir de retisser un lien au monde, la compréhension peut forger une représentation nouvelle, probablement plus complexe et plus riche, mais surtout différente. Peut alors s'opérer un changement comme le début d'une transformation de l'âme. C'est cela que l'on appelle l'émancipation. La liberté est aussi cachée dans les regards que je porte car rien n'existe vraiment, les représentations sont bien plus bavardes.

J'allais alors explorer tant d'univers à travers de nombreuses lectures, apprendre à connaître les différentes écoles et découvrir que les questions que ta vie m'avait posées étaient présentes sous d'autres formes avec d'autres intensités dans toutes les vies, car au fond il s'agissait d'une seule et même question celle de toute éternité : quelle est le sens de la vie quand la souffrance frappe à la porte ? et elle frappe à toutes les portes un jour ou l'autre (mais plus souvent et plus fortement à certaines d'entre elles)

Ce paysage quotidien de souffrance inscrit donc en moi une quête du sens. Il fit de moi un chercheur existentiel habité par la volonté d'arracher à la vie des morceaux d'explications comme autant de lumière pour éclairer les nuits trop longues et trop noires. Une fois acquise, cette quête de sens comme une lumière spirituelle peut venir éclairer tous les univers que nous traversons, car le sens[6] est un concept générique que l'on peut appliquer dans de nombreux domaines et qui possède des propriétés explicatives quasi miraculeuses. On peut comprendre beaucoup de nos vies si on les questionne à l'aide de cet outil. On peut aussi plonger dans un certain désespoir tellement le sens nous crie parfois la nécessité d'une vie et d'un monde différent.

La souffrance de ceux que l'on aime nous façonne, nous travaille de 1000 manières et parmi toutes ces forces de transformation qui se mettent en mouvement, celle de la connaissance des failles de la vie est d'une richesse réconfortante. Que se passe-t-il dans notre âme quand on commence à y introduire ces biens étranges graines que sont la mort, la solitude et la peur ?

Viktor Frankl est l'un des plus grands psychologues qui m'ait été donné de lire. Confronté à l'absurde et l'horreur dans les camps, Il a puisé dans ce matériau de quoi construire une théorie explicative de la psyché humaine dont le moteur principal se situe du côté de la quête de sens

« ....la vie de l'être humain est toujours dirigée vers quelque chose ou quelqu'un d'autre que soi-même, qu'il s'agisse d'un but à atteindre ou d'un être humain à connaître et à aimer. Plus on s'oublie soi-même – en se consacrant à une cause ou à une personne que l'on aime –, plus on est humain, et plus on se

---

[6] Jacques Lecomte « Donner un sens à sa vie »

réalise. Ce que l'on appelle l'actualisation de soi n'est pas un but à atteindre, pour la simple raison qu'à faire trop d'efforts on risque de ne pas y parvenir. En d'autres mots, l'actualisation de soi n'est possible que comme effet secondaire de la transcendance de soi »[7].

Les religions ne font qu'institutionnaliser ce besoin viscéral d'avoir des réponses, de donner un sens à notre présence sur terre. Cette quête de sens nous la trouvons aussi dans les dimensions les plus intimes de notre psyché que sont nos croyances, nos émotions nos valeurs et nos pensées.
Mon monde s'est enrichi de la découverte des éclairages que l'on peut trouver à toutes ces questions que m'a posé ta souffrance, maman. Chacune de ces réponses est un voyage, un univers spirituel et symbolique que l'on explore, une autre vision du monde et donc un autre monde. Peu importe, la réalité physique de notre monde bien ordinaire, de ce sombre quotidien, il est un monde accessible par la seule force de la pensée capable d'éclairer toutes les nuits par la puissance d'un concept. Certains traversent la terre pour espérer y trouver une parcelle d'aventure, de nouveautés et d'émotions. En réalité, des milliers de mondes symboliques sont à portée de mains. Ils sont là cachés dans les livres et dans les bibliothèques. Ils sont l'âme de leur auteur. Des vies parfois à jamais disparues, mais dont demeure en chacun de nous le pouvoir de les faire parler, qu'une rencontre d'outre-tombe s'opère dans les interstices de quelques lignes.
Dans cette quête de savoir, de vérité et de sens, il eut de multiple découvertes de ma part et probablement autant d'égarements, mais la plus grande des expériences qu'il m'eut été donné de faire,   celle que l'on nomme parfois « une expérience irréversible » réside dans la conscientisation de la dimension civilisationnelle de nos souffrances même les plus

---

[7] Découvrir un sens à sa vie : Avec la logothérapie de Viktor E. Frankl

intimes, l'idée que les forces sociales de la domination se nichent jusqu'à dans notre psychisme (et à dire vrai elles se trouvent surtout là), car c'est la porte la plus simple pour pénétrer nos âmes. Nos convictions, nos rationalités, nos valeurs s'effondrent bien vite devant la puissance d'un désir.

À défaut de devenir un tombeau, la souffrance fut donc et reste pour moi un objet d'étude, une terre à explorer, un langage à décoder, une porte vers la transformation et j'irais à sa rencontre accompagné de nombreux auteurs. Pierre BOURDIEU, Vincent de GAULEJAC, Gustave JUNG, Albert ELIS, Suzanne Forward, Christophe André, Marc LORIOL, Victor FRANCKL…..J'explorerais des nouveaux mondes à travers la psychologie positive, la psychologie existentielle, la psychologie cognitive la sociologie, l'anthropologie et bien d'autres sciences sociales et humaines.

Il m'a fallu explorer ce monde et par conséquent explorer le monde. Je l'ai fait tout d'abord en tant que dominé c'est-à-dire allant découvrir les auteurs qu'il fallait lire, ceux que le champ social de la psychologie avait consacré puis je découvris la complexité de cet espace, ces luttes (psychanalyse contre approche cognitive et comportementale). Un espace où rien n'est vraiment certain ou même les plus grands comme Freud peuvent faire l'objet de critiques puissantes[8].

J'allais aussi à la rencontre des courants de la psychologie (psychologie positive, psychologie existentielle, psychologie cognitive, psychologie sociale, psychosociologie…) ou tout simplement à la rencontre d'auteurs dont les livres m'ont particulièrement touché (Susan Forward) ou encore celui de Engel, Lewis et Tom Ferguson et leur regard sur le sentiment de culpabilité et nos crimes imaginaires. Je découvrais donc que la notoriété ou le prestige d'un auteur n'avait pas grand-chose à voir avec l'écho d'une œuvre sur mon âme. C'est aussi cela s'émanciper.

---

[8] Le livre noir de la psychanalyse

J'ai suivi également une formation à la psychologie positive dispensée par Jacques Lecomte et cette approche fondée principalement sur l'analyse de nos ressources m'a permis d'explorer de nouveaux territoires, écouter d'autres voix qui nous disent de cesser de descendre à la cave de notre âme pour monter au balcon et regarder la mer…..

Et chemin faisant rencontrer la méditation de pleine conscience dans les livres puis dans le silence d'un centre Bouddhiste. C'est à cette approche que mon âme a le plus répondue. Rester assis et apprendre, apprendre à se connaître, à s'observer, à s'aimer, à entrer relation avec chaque composante de son être, ses pensées, ses scénarios, ses émotions, ses démons, ses angoisses ….Minutes après minutes dans ce temps qui s'étire, être face à soi dans le silence et dans l'immobilité vivre la plus grande des aventures.
Les livres peuvent nous sauver. Maintenant je le sais.

Et puis vint le temps de la sociologie, une véritable rencontre amoureuse. Comment pouvait-il en être autrement ? Comment pouvais-je assis sur ce banc de faculté ne pas voir mon âme danser en entendant ce professeur expliquer l'œuvre du Durkheim et son analyse de suicide ? Comment ne pas succomber aux trésors conceptuels de Pierre Bourdieu : violence symbolique, distinction, habitus, et la reproduction ?. Tous ces concepts parlaient de moi et de ma vie…

Le monde est riche de nos représentations : un concept, une idée peut donner un nouveau sens à une vie, ouvrir un nouveau monde, effectuer un voyage dont on revient transformé. La sociologie notamment les travaux d'Émile Durkheim sur le suicide représente encore aujourd'hui un moment fondateur, une expérience de transformation psychologique immédiate (encore « une expérience irréversible ») ou comment un concept peut venir transformer la vision que vous avez de votre vie de votre univers, de votre histoire personnelle et sociale.

Nous adoptons spontanément vis-à-vis de cet objet social qu'est le suicide une lecture psychologique et individualisante. Si une personne se donne la mort on en cherche les raisons dans son histoire personnelle et intime. Or grâce à des analyses statistiques, il est possible de mettre en évidence des corrélations entre un certain taux de suicide et d'autres variables comme un territoire, une classe sociale ou une époque. D'autres lectures des origines, des causes d'un suicide sont ainsi possibles permettant de mobiliser une pluralité horizons de sens. Le monde se complexifie et devient alors un territoire intellectuel à explorer. La liberté c'est au fond aussi de disposer d'une pluralité des sens possibles (de déconstruire) et de pouvoir se reconstruire avec un nouvel horizon existentiel celui d'accomplir sa vie.

Nous nous pensons fort et libre mais nous sommes construits et souvent dominés dans le cœur de notre être par une technologie sociale issue du fond des âges. Une civilisation est avant tout une culture de la régulation émotionnelle. Elles seront cultivées, formatées, sacralisées, interdites …gigantesque travail collectif des âmes, socialisation de esprits, intériorisation des contraintes, stimulation des envies …... mais plus que tout c'est encore dans les sens proposé et intériorisé que se joue mon avenir psychique sur cette terre « Qu'est-ce que je fais de ce que l'on a fait de moi »

Consommer, travailler, mériter, gagner, réussir, aimer, accumuler, investir, épargner, se distinguer représentent quelques-uns des concepts structurants de la religion de notre monde et de la vie de notre moi. D'autres mots sont possibles. D'autres mondes aussi. D'autres moi pourraient l'être.

Le travail des institutions du travail sur soi

Nous sommes tous confrontés à notre monde émotionnel, inconnu et parfois terrifiant et nous tentons fébrilement de trouver des significations possibles aux angoisses qui traversent nos vies pour en extirper des morceaux de sens. Dans quelle mesure la société nous aide-t-elle à se libérer de ces forces agissantes et mortifères ou produit-elle de la toxicité supplémentaire en titillant l'une de ces puissances présentes de tout temps dans la psyché humaine et ne demandant que quelques étincelles pour brûler de mille feux et prendre le pouvoir des vies. Elles sont nombreuses ces forces de l'âme affamées ne demandant que quelques secondes d'attention publicitaire pour mordre et se mettre au service d'un système : comme elle est utile politiquement la peur, comme elle est source de croissance économique la jalousie. Il ne leur faut presque rien pour grandir à ces saloperies alors qu'il faut une vie de travail psychique pour les calmer.

Il y a la souffrance et il y a ce que l'on fait de cette souffrance. Le travail sur cet objet est un chemin que l'on parcourt, une maison à découvrir avec de nombreuses pièces et après avoir arpenté son monde émotionnel, et travaillé les lumières sociales qui l'éclairent d'une couleur bien singulière et souvent contestable, il me faudra ouvrir une nouvelle porte pour découvrir les arrière-cuisines sociales et politiques, les pièces que l'on me demande de ne pas pénétrer, les fausses lumières qui me colorent de bien sombres caves et ce n'est qu'à ce prix que je peux commencer à devenir libre.
La découverte de la culture bouddhiste constitua une révélation permettant de mettre en lumière ce que peut être une civilisation du développement psychique. Si on laisse de côté la part de croyance inhérente à toute doctrine de cette nature, on ne peut être que frappé à la fois par la richesse du contenu théorique et des outils conceptuels forgés par des siècles de réflexion sur la recherche de l'éveil (méditation, stade de développement, Etat psychologique…), mais surtout on ne peut être que frappé par le sens donné à la vie : la recherche de l'émancipation psychologique. Si la culture bouddhiste à

quelque chose à nous apprendre c'est du côté de la richesse de l'ensemble de la technologie du développement de soi instituée. Dans notre civilisation nulle trace d'une exigence de travail émotionnel, mais plutôt un long et puissant travail d'instrumentalisation de ces forces de l'âme. Cultivons l'envie, la peur, la jalousie, car ils sont le moteur d'une victoire politique au service d'un régime économique.

Lorsque j'y pense, maman, parmi toutes les causes sociales possibles à ta souffrance, parmi toutes les responsabilités et les fautes collectives puisqu'il faut bien que l'on en trouve, c'est peut-être du côté de l'absence de travail émotionnel socialement institué qu'il faut aller chercher. Des épreuves nous en avons souvent. Il serait faux de dire et de penser que nous sommes égaux dans ce domaine (il est possible que certains types de capitaux économiques sociaux, culturels et symboliques puissent faciliter des formes de résiliences existentielles. Je pense notamment à la confiance en soi dont on peut imaginer facilement qu'elle pénètre plus facilement les corps et les âmes quand on a un Soi de dominant), mais disons que nul n'est véritablement à l'abri de la mort, de l'abandon, de la solitude et de la maladie. Tu n'as pas trouvé (toi comme tant et tant d'autres) une culture de la résilience émotionnelle suffisamment solide pour que tu ne puisses pas simplement « faire avec », mais « faire en sorte » que chaque émotion puisse être travaillée et appropriée pour donner de la sagesse. Tu n'avais que l'alcool, car c'est cela le principal outil de régulation des émotions des classes populaires…
Nous sommes seuls et maman tu as été seule avec cette peur. Bien sûr tu aurais pu, tu aurais dû aller voir un psychologue et engager un travail. Et encore… Qu'aurait-il fait de cette souffrance ? Nous ne mesurons pas toujours à quel point cette démarche est une épreuve pour les classes populaires que beaucoup ne peuvent affronter. Mais au fond, pourquoi la démarche psychologique est une épreuve pour les dominés ? Peut-être parce qu'elle est aussi un outil avant tout fait par et

pour les dominants, mobilisant la parole là où certains n'ont que le silence, renvoyant à la responsabilité individuelle (pire à la sexualité ou l'histoire familiale) au détriment de la compréhension des forces de la domination.

Nous sommes seuls face à nos peurs tentant de les comprendre en allant chercher des bribes d'explications là où nous pensons en trouver alors qu'en vérité notre vie devrait être parsemée de forces de guidance dans ce domaine, des institutions de l'éducation émotionnelle. Nous avons le souci de faire croître les compétences cognitives et nous avons pour cela de nombreuses et puissantes institutions (l'école notamment), mais nous laissons totalement de côté la part la plus sombre, la plus complexe et la plus puissante de nos psychismes ; celle capable de déterminer une vie et nos destins individuels et collectifs : les émotions. Nous sommes des géants cognitifs, mais des enfants émotionnels et il ne faut pas aller chercher d'autres raisons que celles-là pour expliquer notre futur et désormais probable disparition. Nous avons mis notre immense capacité créative et toutes les ressources naturelles disponibles au service de notre puérile soif de distinction matérielle. Des enfants avec des armes de destructions dans la mains…..

Et si ce travail de compréhension de ce que je suis (et dans ce que je suis, quelle est la part de chaque domination) représente l'œuvre d'une vie, son plus grand combat, on s'attendrait à trouver alors d'immenses ressources pour que nous puissions être aidés dans ce travail, mais hélas on ne peut qu'être frappé par la pauvreté du travail collectif dans ce domaine. Il faut croire qu'il faille nous garder ignorant. C'est notre plus grande fragilité à nous pauvres humains. Nous savons nous rendre maître et possesseur de la nature, mais sommes souvent incapable de résister à ce que nos émotions exigent de nous. Est-ce que notre vie ne se résume pas à une ou deux grandes émotions (des passions diraient les philosophe) guidant notre âme ? Un tel sera tyrannisé par sa jalousie, l'autre habité par la peur des autres et le 3ème aveuglé par sa soif de domination. Voici le plus grand des combats civilisationnels : se libérer des chaînes de ses passions pour faire entrer la sagesse dans son monde et ainsi le monde dans la sagesse.

L'examen des formes civilisation et des différents éthos produits doit suffire à nous convaincre que ce que nous sommes nous le devons, en partie, à un ensemble de dispositifs culturels. Pour n'en citer que quelques-uns : Hier ce fut la télévision. Aujourd'hui les réseaux sociaux. Il capte notre vie dans ce qu'elle a de plus banale : notre attention au monde.
Pour le meilleur et pour le pire
Au temps de l'enfance, la télévision était pour moi une zone de plaisir (Ah le bonheur des dessins animés en rentrant de l'école !) puis elle finit par devenir une façon de ne plus se voir, car te regarder, maman, devenait une douleur. De ton côté, elle est restée une fenêtre ouverte sur le monde. Lorsque nos vies sont enfermées, elles trouvent parfois à se déployer d'autres façons moins glorieuses peut-être, mais plus imaginatives. La télévision a joué ce rôle essentiel dans ta vie. Elle te permettait de basculer dans un autre monde, de quitter quelques instants la réalité pour te projeter dans une aventure, une autre histoire, de vivre par procuration. Il n'est donc pas étonnant que la télévision fût allumée du matin au soir. Elle avait de multiples fonctions. Sa fonction manifeste résidait dans cette ouverture sur le monde. Les séries remplissaient ta vie d'une aventure romanesque. Tu vénérais les actrices qui avaient mal fini notamment Romy Schneider ou encore les stars marquées par l'alcool comme Gainsbourg. Je n'aurais pas l'arrogance t'en expliquer les raisons….
Sa fonction latente consistait à nous éviter certaines confrontations. Les regards sont parfois épuisants et porteurs d'une réserve inépuisable de menaces…Nous pouvions passer des repas entiers sans un mot, le regard figé sur des jeux télévisés tous plus débiles les uns que les autres. Si je dois reconnaître que cette solution de facilité a pu être une question de survie, il m'est souvent arrivé de haïr ce voleur de temps. Des années après ton départ, il m'a fallu un réel effort et la

profonde assistance de ma femme pour réussir à m'extirper de cette habitude toxique et affronter le silence …..mieux que cela apprendre à les aimer ces foutus silences. Il m'a fallu apprendre à accepter les silences des repas, la fatigue relationnelle, à ne pas succomber à la tentation facile de se réfugier dans ce monde numérique virtuel pour tenter de construire une rencontre quotidienne certes faite de conflits, de fatigues de disputes, mais c'est le prix à payer pour que puisse éclore des espaces d'amour. Rien ne peut naître sans silence. Je le chérie aujourd'hui comme le bien le plus précieux et au combien rare dans cette civilisation du bruit.
Passez quelques heures ensemble dans le silence. Nous en étions bien incapables. Trop peur que les démons viennent nous visiter, mais qu'ils viennent donc maintenant moi je reste là dans le silence de la vie

Le travail de la maladie

Tu souffrais de phobie sociale. C'est du moins le mot que j'ai fini par poser sur ta souffrance. En réalité, il ne dit pas grand-chose sur cette dernière. Il ne traduit qu'un symptôme, qu'une manifestation, un certain lien au monde. C'est une bien douloureuse pathologie puisqu'elle aboutit à rendre angoissante la plupart des rencontres et des liens avec l'autre. Or c'est en grande partie la qualité de ses liens qui détermine le sens de notre vie et le bonheur que nous pouvons rencontrer dans l'existence. On peut donc facilement imaginer l'impact susceptible d'avoir ce type de pathologie. Ton monde était peuplé de barrières infranchissables. Le simple fait de sortir de chez toi nécessitait un effort surhumain. Tu as donc vécu habité par la peur, la peur des autres, du regard des autres. Face à ce regard, tu imaginais que l'autre pouvait lire en toi, que même cet inconnu croisé dans la rue pouvait lire ta fragilité sur ton visage, ton histoire, ta faute imaginaire, qu'il pouvait y voir tes

tremblements et autres rougissements et bien sûr, cet autre ne pouvait que te juger… Tu avais peur de la visibilité de ta peur. Tu avais peur de ta peur. De mon côté, je n'en voyais souvent nulle trace. Il me fallait faire un effort pour réussir à percevoir les rougeurs qui te faisaient fuir le monde. Cela donnait à mes yeux une couleur bien étrange à ta maladie. Cette peur limita considérablement ton espace de vie. Ton appartement quelques courses, car il fallait bien manger ajouté à l'alcool dont tu avais besoin pour apaiser un peu ce monstre qui vivait en toi. Voici ce que fut ton monde.
Tu ne sortais presque pas sauf pour faire les courses et c'était une épreuve difficile. Presque tous les week-ends, tu te rendais faire la fête dans un bar en compagnie de ton amie Nelly. Il n'existait pas de bar dans le quartier nord Est de Dinan donc tu allais en ville, juste à la frontière sociale. Pour te donner le courage, tu devais prendre une grande quantité d'alcool. L'ensemble des résidents de la cité voulant faire la fête se retrouvait dans un bar et par instinct grégaire (en réalité par le jeu des forces sociales) nous allions tous toujours dans le même. Nous ouvrions alors une autre phase de notre relation. Je t'observais de loin, de temps en temps riante et dépensière, à l'aise relationnellement comme tu aurais aimé l'être, interpellant les uns et les autres, les invitant à boire un verre. L'espace d'une soirée, tu devenais comme tu aurais aimé être : heureuse et libre. Il faut aussi savoir reconnaître cette vertu à ton maître. Puis arrivait une autre phase. La limite de consommation largement dépassée, il te fallait rentrer à la maison accompagnée de Nelly. Je vous revoie marchant bras dessus bras dessous titubant avançant péniblement parfois chutant et chantant. Sur le fond, ce n'est pas la fête qui m'était difficile. Il n'était pas compliqué de comprendre en effet tout ce qu'elle pouvait t'apporter, la prison dont elle te faisait sortir. Qui aurait pu te le reprocher ? Cela suscitait tout de même chez moi des sentiments ambivalents un mélange d'inquiétude pour ta santé et de gêne lorsque ton comportement devenait un peu trop exubérant (ce qui arrivait parfois) et aussi un peu de colère

devant ses billets sortant de ta poche accompagnée du vague sentiment que certains pouvaient ainsi profiter de toi. Sur ce plan j'ai toujours constaté que malgré l'alcool tu savais tout de même garder certaines limites dans la dépense. Le plus difficile ce n'était pas tout ça, mais les perspectives douloureuses et sombres que ces sorties faisaient surgir. Elles étaient souvent annonciatrices de jours difficiles. Dans combien de jours retrouverais-je la mère douce ?
Il te fallait toutefois souvent affronter le monde extérieur, ne serait-ce que pour nous apporter à manger.

Tu te déplaçais en mobylette. Ce véhicule est aujourd'hui définitivement associé à ton image. Il a considérablement disparu de l'espace public il m'arrive encore d'en croiser et ainsi inévitablement basculer dans ton souvenir. Il faut dire que ton périple offrait parfois un spectacle assez réjouissant : toi sur ta petite mobylette et ta dizaine de sacs accrochée au guidon tenant comme par miracle. C'est aussi dans ces circonstances que ta fragilité m'apparaissait le plus. L'effort que tu devais fournir pour sortir ainsi t'exposer au monde et te déplacer sans la protection de l'alcool marquait ton visage. Tu étais extrêmement touchante dans ces moment-là. Ta solitude n'en était que plus visible. Le combat que tu menais contre le monde devenait évident et quiconque te croisait devait certainement avoir envie de t'aider tant ton visage témoignait d'une profonde angoisse.
Aujourd'hui ce réservoir inépuisable de sensations que tu portais en toi m'apparaît comme le signe d'une hypersensibilité, une forme de langage corporelle que tu n'as pas appris à lire. Le monde résonnait en toi et déclenchait mille sensations qu'il te fallait apprendre à lire.
Ta sensibilité au monde ? Cela aurait pu être une force. Je sais que cette idée peut être insultante. Pardonne-moi pour cela. Comment concevoir qu'un tel monstre aurait pu être un allié pour peu que tu l'apprivoises ? Mais nous sommes parfois riches de la complexité et de la finesse de nos émotions. Ce

monde est un langage et tu possédais mille mots, mais tu n'entendais rien. Seuls les cris de ton enfance résonnaient dans ce monde et brique après brique, un mur de représentations façonné par le temps des épreuves s'était ainsi dressé devant tes yeux désormais à jamais plein de larmes.
Tu étais, maman, comme une enfant abandonnée dans une forêt et le moindre bruit peut vite devenir un loup surtout pour ceux comme toi dont le radar est particulièrement actif. Personne ne t'a jamais transmis la plus grande des richesses celle qui consiste à écouter le monde en commençant par ton propre monde et ainsi à apprivoiser les loups émotionnels qui peuvent devenir alors des alliés de par la force qu'ils possèdent.

Être travaillé par la souffrance de ceux que l'on aime

On regarde toujours la douleur de ceux qui souffrent, mais j'aime tourner la tête pour observer cet enfant silencieux qui regarde sa mère pleurer puis sombrer.
La souffrance de ceux qui nous sont proches est une graine d'une nature bien singulière. Elle est un réveil de l'âme, une source de révolte, un lien entre le monde et nous, elle nous transforme nécessairement, irrémédiablement.
Cette souffrance de nos proches réveille en nous un mélange de rage, de colère, d'amour, d'envie de combattre et de pulsion de protection. Il est possible que nous développions des sphères de résistances spécifiques face à des contextes toxiques. Avec un peu de chance, ce mode de défenses peut se transformer en une forme de résilience et donner quelques fruits. C'est bien la moindre des choses que nous doit la vie.
La souffrance de ceux que l'on aime fait émerger la nécessité viscérale de les sauver. Nous ne pouvons laisser sombrer ceux qui nous sont proches sans combattre. Et quand nous perdons des batailles et parfois la guerre, nous voyons venir à nous de

bien sombres compagnons qui ont la couleur de la culpabilité et de l'impuissance, comme autant de tempêtes de l'âme.
Il me fallait agir et développer de multiples stratégies tel un scientifique testant des remèdes et se faisant sans le savoir faire de la politique.
Pour beaucoup d'entre nous, nos vies sont faites d'immenses épreuves et même si ces épreuves ont une origine profondément sociale et politique (bien entendu que l'histoire de ma mère est peut-être avant tout l'histoire de la domination des femmes, de l'intériorisation d'un acte de violence et du déploiement d'un réservoir d'affects associé à cette violence), mais même si l'origine est sociale et même si les solutions de long terme sont collectives, il n'en reste pas moins qu'une partie de la transformation immédiate (la seule qui compte pour un enfant) relève d'un cheminement individuel. Nous touchons probablement une des contradictions des luttes pour l'émancipation.
Si les processus de domination, la violence que nous avons subie explique la souffrance alors que me reste-t-il comme pouvoir ? Quelle marge de manœuvre puis-je encore activer ? Je ne peux changer la société. Je ne peux pas non plus retracer les lignes du passé.
À mettre en avant nos déterminismes réels, nous pouvons anéantir une partie des solutions d'émancipation, mais en mettant l'accent sur nos marges de manœuvres personnelles, sur les outils de transformations individuelles nous posons le débat en terme de responsabilités personnelles et détournons les énergies des luttes collectives en rajoutant de la culpabilité à la souffrance. Peut-être existe-t-il une voie de résolution de cette équation mortifère dans la rencontre entre la lutte et la transformation individuelle, dans la possibilité que la lutte devienne un outil de transformation…Peut être….A cette époque, ce chemin nous était impossible à toi et à moi….
J'ai donc passé une grande partie de mon enfance à tester des stratégies pour te sortir de cet état dépressif. Je me suis fait médecin. Un médecin maladroit, tâtonnant, inexpérimenté et

pour tout dire assez peu efficace, mais qui pourrait le reprocher à l'enfant que j'étais. Mes remèdes dépendaient du moment, de la situation et de ma propre humeur. Mes tentatives oscillaient entre une posture de compréhension faite d'écoute et d'empathie ou l'instauration d'un rapport de force. Il faut bien reconnaître qu'aucune de ces stratégies ne s'est révélée véritablement efficace. J'ai dû souvent mettre de côté toutes les raisons sociales légitimes qui devenaient de plus en plus claires au fur et à mesure que j'avançais dans les études pour te renvoyer à ta responsabilité. Une telle attitude n'était pas dénuée de violence, mais sur le moment elle était la seule qui me semblait susceptible d'activer chez toi une forme de résilience. Tu résistais à l'idée de te faire accompagner et d'aller voir un psychologue. La crainte de l'enfermement, figure sociale associée à la folie. Une fois, tu as pourtant franchi le pas et tu en es revenue enchantée et souriante. L'espoir est né qu'un autre que moi puisse d'aider, qu'une autre main plus forte ou plus habile puisse t'être tendue. Et puis plus rien, la peur a refait son travail. La peur sait très bien tuer les forces psychiques de la survie.

Il me fallait tester, expérimenter des solutions : non seulement pour tenter de mettre un peu à distance ce monde, mais aussi et peut-être surtout pour me doter des outils et des stratégies nécessaires pour te rendre heureuse. Tel était mon but. Telle était ma mission. Très vite, je compris qu'il existait une grande différence entre la théorie et la pratique. Je pouvais me doter des bons outils de compréhension du monde, mais qu'en pratique la stratégie qui en découlait pouvait s'avérer totalement inefficace. Ainsi, la conscience que peut-être ta souffrance avait une origine sociale et politique s'avérait complètement contre-productive. Il me fallait du moins le croyais-je développer un discours de responsabilisation, seul capable à mes yeux de te sortir de ta torpeur et de ton désespoir. Il est possible que j'ai eu tort. La politisation de ta souffrance aurait été une voie possible.

Cette lecture en termes de rapports de domination, je ne pus m'empêcher de la faire mienne devant le constat maintes fois répété que ta peur se manifestait particulièrement devant des formes d'autorité (un gendarme, un dominant ...). Je devrais moi-même affronter cet impact émotionnel. Il est évident que pour une femme sortir, c'est-à-dire investir l'espace public, n'est pas émotionnellement neutre. Pour accomplir ce type d'acte, il faut d'une certaine façon prendre conscience de l'impact émotionnel (il en a nécessairement un) et lui conférer un sens rendant la chose possible voir facile. Si cette émotion est perçue comme un signe de folie, elle deviendra alors une prison.
Ce travail maman sur tes émotions, tu ne l'as pas fait et je t'en veux souvent de ne pas l'avoir au moins débuté et je m'en veux encore ne pas avoir trouvé les clés pour te donner cette envie occupée que je fus à tenter de combattre les loups

Tu as vécu dans la peur, par la peur. Tu avais de la visite fort heureusement. Si tu ne pouvais pas aller à la vie, la vie venait parfois à toi. Papa dira souvent que tu avais ouvert un véritable service public pour les pauvres et notamment un bar et une banque. Il est vrai que ta maison était pleine de ces usagers. Ils étaient nombreux ceux qui venaient de demander de quoi finir leur fin de mois. J'appris à me méfier de ces visiteurs. Au début je voyais dans ces allées et venues de la chaleur humaine et une forme de la solidarité envers toi. Mes yeux d'enfants ne voyaient pas l'argent que tu leur distribuais. Avec le temps, ils m'apparurent de plus en plus comme des amis de boissons t'entraînant sur un chemin de naufrage. La venue de certains d'entre eux et c'était la perspective de jours sombres. Je dois toutefois reconnaître qu'ils remplissaient ta vie à leur façon et je leur suis reconnaissant pour cela. À défaut de pouvoir aller vers la vie, des traces de vie peut-être de vies fracassées et égoïstes, mais de vie tout de même venaient à toi. Le temps devait être long dans ton immense prison et par-delà les barreaux tu tendais les mains. Toi qui aurais eu tant besoin d'aide. De ta prison, tu sortais les autres de la leur.

Cette idée que tu ais pu constituer à toi toute seule un service public de proximité me réjouit. Elle témoigne d'une parcelle de richesse d'une vie possible au-delà et malgré tes prisons.

Nos vies sont riches de nos démons, de nos épreuves, de nos souffrances. Nul ne peut les souhaiter, mais je crois qu'elles parlent plus forts que les autres, qui leur arrivent même de crier. Ces vies sont bavardes (les fantômes dans la mythologie d'ailleurs naissent des vies brisées…) et nous sommes riches de ce qu'elles peuvent nous dire si nous savons les écouter. Les vies heureuses, ordinaires n'ont pas d'histoires. Elles ne font souvent qu'inscrire quelques lignes dans un livre écrit pour eux par d'autres (un travail, des vacances, un chien, des enfants et puis s'en va). Les vies de gloire et de réussite nous parlent autrement peut-être, mais dans une langue bien étrange et que nous disent-elles ? Elles nous disent la réussite, la compétition, la domination, l'avoir, le pouvoir…Elles nous livrent une vision de l'humanité et de ses envies de richesses matérielles. Elles sont pleines de prisons à leur façon. Les vies fracassées nous livrent bien autre chose quand on se donne la peine de les raconter, de les écrire, mais hélas on ne raconte souvent que les dominants. Les dominés, eux, emportent leurs histoires dans leurs tombes. Elles sont pourtant porteuses de nombreux messages. Elles disent la lutte, la souffrance, l'injustice, le déclin, la mort, le froid….Elles charrient d'immenses forces existentielles bien plus profondes que les paillettes et les vitrines de vies capitalistes.

Tu ne t'es jamais remise en couple. Tu as eu certainement quelques aventures d'un soir, mais rien de sérieux, rien que je puisse remarquer. Je l'aurais pourtant souhaité. J'aurais ainsi pu transmettre la mission de te protéger à d'autres, peut-être plus forts et plus doués, que moi. A deux, nous aurions peut-être gagné cette guerre sans fin, au moins quelques batailles. Je suis convaincu qu'il y avait dans cette perspective d'une remise

en couple une des clés d'un rebond, d'une résilience, d'une nouvelle ouverture sur le monde. Encore une fois c'est la rencontre qui peut nous sauver, la rencontre des choses, des œuvres, des mondes, mais aussi forcément des autres.
De nombreuses raisons peuvent expliquer cette solitude. Il est évident que ta phobie sociale limita considérablement le nombre des rencontres, mais on aurait tort d'y voir la raison principale. Tu avais perdu toute confiance dans les hommes. Ils t'avaient apporté beaucoup de déceptions et tu ne voulais plus dépenser la moindre énergie pour t'engager dans une relation. Sans nouvelles histoires, tu resteras enkysté sur l'amour envers notre père cultivant une forme de haine si profonde qu'elle ne trompait personne sur ce qu'elle signifiait vraiment. Nous nous raccrochons toujours à notre dernière histoire. La seule façon de la mettre à distance consiste à aller vers d'autres rencontres. Peu importe que l'on aime encore et même surtout si l'on aime encore. On peut reconstruire. Le prince charmant ne peut venir que si on le laisse entrer et il faut l'inviter même si la maison est encore pleine de souvenirs et de tristesses. Avec un peu de chance et de patience, il fera le ménage.

Une lecture de cette longue solitude sous l'angle de l'émancipation féminine est aussi possible. Je reconnais que ce n'est pas cette vision que l'on mobilise spontanément en observant ta vie mais il est possible que la solitude soit pour les femmes l'autre nom de la liberté. Ne plus subir, ne plus être dominé. La vie de couple est parfois une prison. Il se peut donc qu'il y ait aussi des traces d'une envie de liberté dans ta longue solitude, des marques d'indépendance.
Enfin il faut aussi bien reconnaître que dans cet univers de femmes, dans « cette cité sans homme », les figures masculines positives (j'entends par là sans alcool et non-violentes) ne couraient pas les rues. J'en ai vu certains que tu as gentiment écartés.

Ta maladie fut donc l'une de tes compagnons de route, l'une de ces forces terrifiantes et fidèles qui nous travaille dans la profondeur de nos tripes, mais il en existe d'autres. Parmi toutes ces déterminismes pesant sur nos destins, ceux de nos territoires de vie me semblent parmi les plus forts et en ce sens maman, j'ai traversé des frontières qui nous ont séparés.

Le travail de nos territoires

Nous sommes aussi faits des espaces sociaux que nous fréquentons. Pierre Bourdieu a d'ailleurs forgé une théorie sur ce sujet. Nous fréquentons des champs sociaux c'est-à-dire des espaces possédant leur propre loi, leur propre dynamique (champ sportif, culturel…) et participant à la production d'un habitus, un ensemble de dispositions que nous incorporons et qui fait que nous sommes ce que nous sommes. C'est une autre dimension de la part de social en nous.
Parfois nous nous déplaçons. Notre vie va ainsi se déployer dans d'autres lieux, d'autres territoires et nous changeons. Nous ne restons pas le même en traversant la vie. Nous ne restons pas le même en traversant les frontières. Elles sont multiples et elles ne sont pas simplement géographiques. Elles sont parfois symboliques.
Et nous devenons un transfuge, un déclassé, un migrant, un nomade, un marginal…. Les lieux géographiques, les espaces symboliques que nous habitons travaillent nos vies. Ils remplissent nos existences d'enjeux, de règles, d'une certaine conception de ce qu'il faut faire et ne pas faire. Ils portent en eux tout un monde de normes que nous savons parfaitement ressentir à défaut de les conscientiser.

Le temps a passé. Sans l'avoir vraiment décidé, je rentre au lycée puisque mes résultats le permettent et que c'est encore le chemin le plus simple, celui qui ne nécessite aucune réflexion,

la ligne la plus droite possible. J'obtiens de temps en temps de bons résultats, quelques encouragements et autres félicitations de mes professeurs finissent par introduire discrètement en moi l'idée d'une voie possible. L'école pourrait être une source de gratification et peut-être même être une réponse possible à mon devenir. Mon professeur de français de seconde me donne le goût de la lecture, le plus beau cadeau que l'on puisse faire. La passion qu'il avait pour les mots (et pourtant nous étudiions en vieux français les textes de Rabelais, Guillaume du Bellay. Pas les plus accessibles…). Il n'en restait pas moins que sa passion transpirait de son âme et que le regard qu'il portait sur moi me nourrissait d'une devenir possible.
Je lui dois beaucoup. Peut-être tout. Je ne lui ai jamais dit même quand je l'ai croisé 20 ans après dans un magasin. Je n'ai pas osé l'aborder. Son âme est toujours présente en moi. A-t-il seulement su qu'il avait le pouvoir d'accomplir de tels miracles ?
Je compris assez vite que j'aurais des difficultés à faire ma vie dans cette cité, dans ce monde social là, à devenir quelqu'un. Chaque univers social est porteur d'une certaine forme de conception de la réussite et valorise certaines qualités. Dans le monde de la cité, le capital symbolique allait clairement du côté de certains talents qu'à l'évidence je ne possédais pas. Je n'avais rien de ces hommes, pas de force physique, pas de goût pour la violence, pas de goût pour les voitures et même de nombreux échecs aux permis de conduire, un rapport aux filles trop respectueux pour être admiré par les autres, un caractère craintif et de premières expériences professionnelles rapidement interrompues par la violence de cet autre monde. Tout ceci témoignait d'une trop grande sensibilité. J'avais pu faire illusion de temps de l'enfance en faisant preuve dans mon cercle d'amis d'une forme de leadership, mais le temps n'a fait que révéler sa part de vérité : je ne serais jamais un dominant dans ce monde alors il me fallait investir un autre monde.
Souvenir : mon père me trouve un travail pour une saison. Je dois avoir 16 ou 17 ans. Je vends des glaces. Mon irruption

dans le monde du travail est brutale. Je suis marqué par la violence de cet univers, la violence des conditions de travail, mais aussi et peut-être surtout la violence des rapports sociaux : on me pousse, on me réprimande…Il me faut aller vite….Je me sens dominé dans l'espace, dans la relation…. Ainsi c'est peut-être là dans la chaleur et l'étroitesse de cet espace que s'est joué mon avenir. Une prise de conscience viscérale qu'il me fallait engager une autre bataille pour ne pas subir. Je ne donne pas suite le soir même en déclinant la proposition d'embauche, et ce au grand désespoir de mon père qui se voit ainsi confirmé dans ses craintes quant à mon avenir. Si son fils était un incapable ? Il est certain qu'aux yeux de mon père mes difficultés récurrentes à avoir le permis et ma démission immédiate de ce 1er travail constituaient autant d'indices d'une inadéquation au monde (en vérité à ce monde social) et des motifs d'inquiétude sur mon devenir. Et le fait que je fasse preuve de quelques aptitudes scolaires n'était pas de nature à le faire fondamentalement changer d'avis, bien au contraire cela ne faisait que confirmer ses craintes.

Il est possible que cette expérience soit fondatrice et explique en partie l'énergie que je mettrais à trouver un univers du travail plus conforme à ce que je suis ou à la vie que je voulais avoir. Ces quelques heures de travail aussi courtes et modestes soient elles sont probablement à l'origine d'une forme de rébellion, une révolte est née ce jour-là contre la domination qui venait de prendre chair. Je devais me sauver de ce destin et par la même occasion montrer à mon père la force de mes capacités en réussissant autrement et peut-être plus fortement encore, mais il est des combats que l'on ne peut gagner, car on se bat contre un siècle d'histoire, un monde et sa culture. Pour mon père, le vrai travail se trouvait et se trouve encore dans le travail physique, des corps éprouvés, la dureté et le courage dont on doit faire preuve (même s'il a maintenant la gentillesse de ne plus me le dire). Si mon parcours scolaire présente l'avantage d'apporter une situation financière stable à ses yeux, il ne suscitera jamais véritablement de fierté. La figure du

fonctionnaire ne sera jamais à la hauteur de celle de l'ouvrier, du bricoleur et du travailleur manuel. Il se peut d'ailleurs qu'il n'ait pas complètement tort sur ce plan. De mon côté aussi je ne peux me départir complètement de siècles d'histoires et de conceptions de ce que constituent véritablement travailler et il m'arrive souvent de me sentir imposteur dans ce monde.
Bientôt d'autres emplois viendront. D'autres saisons dans la restauration et puis dans les ménages.

Ma vie est donc partagée entre deux mondes pendant cette période. Le monde du lycée que j'investissais au minimum et celui de la cité dans lequel je me sentais plus à l'aise, plus à ma place où se trouvaient mes amis. Je n'avais pas vraiment d'amis en classe. Il faut dire que je quittais dès que possible ce lieu dont je sentais confusément le danger qu'il pouvait représente pour moi. Par un étrange paradoxe psychologique, la cité me paraissait bien plus sûre, moins exposée. Il se peut que je cachais aussi cette vie familiale dont je savais l'anormalité. Tout ce qui pouvait constituer la place publique devait être investi avec précautions pour ne rien dévoiler. Protéger ma mère passait aussi par le fait de ne pas l'exposer socialement sur ce plan. C'est ce que je croyais.
Un autre souvenir : je suis assis en classe de terminale et je vois une de mes camarades de classe remplir un dossier. Je m'en étonne et demande quelques explications. Elle m'informe qu'elle remplit son dossier d'inscription pour je ne sais qui plus quelles études supérieures. « Ne me dis pas que tu n'as fait aucune démarche ? Mais tu comptes faire quoi après le bac ? ». Nous étions à 2 mois du bac et la question ne s'était pas véritablement posée pour moi. Personne ne me l'avait posé et je revois encore le regard effaré de l'assistante sociale du lycée cherchant à comprendre comment une telle chose pouvait se produire « les affiches ? Les réunions ? Les profs ? Tu n'as rien vu de tout cela ? » L'effet de sidération passée, il lui fallait trouver une solution à l'aide de son Minitel. Au regard des

délais les choix étaient limités : seule s'offrait à moi l'université.

Nous devions donc décider en quelques minutes dans quelle université je devais aller et quelles études j'allais suivre
- Tu veux faire quoi ? Vu les délais il ne te reste que la fac. Si tu n'as pas d'idées très précises sur ce que tu veux faire, je te conseille une formation très généraliste comme Administration Economique et Sociale sur Rennes 2.

Ce fut en effet un excellent choix. Il m'arrive de penser que si j'avais eu le temps de la réflexion j'aurais probablement effectué un autre choix plus conforme à ma destinée sociale. Des limites géographiques, culturelles se seraient imposées à moi et m'auraient fait opter pour une autre vie…..

- Le RMI

Je vais chez l'assistante sociale pour te faire obtenir le RMI. Ce dernier existait depuis des années, mais tu n'avais jamais effectué la moindre démarche pour en bénéficier. Elle me reçoit. Je lui raconte, ta maladie, ton incapacité psychologique à sortir de chez toi. Le minimum. Rien notamment sur les tentatives de suicide et d'alcoolisme. Cela nous emmènerait trop loin et j'ai depuis longtemps compris qu'il ne fallait peut-être pas attirer trop longtemps et trop bruyamment l'attention sur cet univers. Elle me pose alors cette question qui sonne comme coup de tonnerre « et toi comment tu vas ? ». La question me bouleverse. J'essaye de ne rien laisser paraître. Je reste de marbre même si elle me prend au dépourvu

- Moi ça va…

Ce fut simplement une petite question, mais je garde un souvenir ému de ce moment où l'enfant que j'étais encore pris conscience que sa propre situation pouvait aussi constituer une question. Nous obtiendrons relativement facilement cette aide.

Je crois même me souvenir que cette assistante sociale viendra à la maison. Il est possible qu'elle ait fait quelques tentatives pour t'accompagner dans une démarche thérapeutique. Sans grand résultat.

Le RMI nous apporta un relatif soulagement économique, car il y a bien longtemps que l'argent du grand-père fondait comme neige au soleil. Il faut dire que le service public bancaire de la cité avait des horaires d'ouverture assez large et une politique d'attribution souple….

Cela éloigna donc un peu la peur de ne plus rien avoir. Je mesure aujourd'hui à quel point quelques centaines de francs étaient ridicules, mais à mes yeux et aux tiens ils représentaient un apport non négligeable.

Autre souvenir : des amis de la cité pour occuper le temps investissent une école la nuit. Ils y prennent deux ou trois crayons rien de bien méchant, mais suffisamment pour voir la police s'en occuper. De mon côté je ne pénètre pas dans l'école. Je ne suis pas loin. J'assiste à la scène. Le lendemain l'un de mes amis se fait contrôler avec le crayon dans sa poche. La police demande d'où il vient

-c'est un ami Anthony qui me l'a donné.

La police frappe à ma porte. Il me demande d'où vient le stylo. Je reste muet ne sachant que répondre. Le policier me conseille « tu dis que tu l'as acheté et on s'en va ». J'hésite. Je sens le piège. Je finis par accepter et lui lance timidement.

- je l'ai acheté
- c'est bon on s'en va.

A lui aussi je lui suis reconnaissant.
Nous ne partions plus en vacances. Seules quelques photos témoignent d'une époque où de tels moments aient un jour existé. Elles sont le lointain écho de notre vie d'avant, avec la plage et le bateau, les rires et le soleil. Une seule fois je suis

parti quelques jours avec des amis dans un camping au bord de la mer. Je me souviens particulièrement de cette soirée au cours de laquelle Simon alcoolisé s'était endormi derrière la mobylette et était tombé au milieu de la route. Le conducteur avait poursuivi sa route et Simon sa sieste. Les autres amis rentrant à pied avaient découvert ce dernier dormant au milieu de la route. Ce type anecdote suffisait à nourrir notre mythologie. Dans ce travail de remémoration collective, Simon devenait un héros. Aujourd'hui je dois reconnaître que cette histoire a largement perdu de sa force comique. J'y vois la trace d'un alcoolisme sans limites et les risques qu'il a couru. Il ne s'en est fallu d'un rien pour que la vie de Simon s'achève ce soir-là. Cela doit être cela vieillir. J'y vois aussi le sordide de ces fêtes où plus aucune rencontre n'est possible, car l'alcool a pris toute la place. Cela doit être cela vieillir.

Je poursuis mes études grâce à une bourse complétée par mes travaux de saisons. Ce n'est pas la fortune, mais largement de quoi subvenir à mes besoins et surtout me permettre de me consacrer entièrement à mes études sans avoir à prendre un emploi.

- La vie à la fac : un espace d'apprentissage favorable

A la faculté, mon monde s'est enrichi de la rencontre d'autres mondes : des amis, la culture, un territoire…Pourtant il est certain que beaucoup considéreraient que ma vie et celle de mes amis étaient incroyablement pauvres en tant que vie étudiante. Loin des fêtes et des sorties…... Nous n'en avions pas les moyens financiers et symboliques. Je n'ai pas eu la vie étudiante telle que je la rêve aujourd'hui. Plus d'insouciances, plus de rencontres, mais elle fut tout de même solaire à sa façon.

Je me suis enveloppé d'une nouvelle identité positive que je n'ai plus jamais quittée. Ainsi il se pouvait que tout ce que j'étais dans cette cité et qui me mettait mal à l'aise, inadapté pouvait être dans un autre univers social un signe de reconnaissance. Avoir de l'humour, un côté philosophe, une forme de sensibilité voir de gentillesse sonnaient différemment dans ce nouvel espace relationnel.

Je découvrais que je possédais un potentiel scolaire plus fort que je le croyais. J'avais réussi à maintenir la tête hors de l'eau dans mes années lycée, mais mes notes ne furent jamais exceptionnelles à quelques rares exceptions près. Là-bas les choses changeaient radicalement. Je compris en effet assez vite que je n'avais jamais vraiment beaucoup travaillé sur un plan scolaire et surtout je n'avais aucune ressource scolaire à disposition : Pas de livre, pas de parents apprenants….Pendant toutes ces années de collèges et lycées, les cours constituaient les seuls et uniques matériaux à ma disposition. Le contexte d'apprentissage, la présence de bibliothèques, l'émulation de quelques amis couplés à l'intérêt des cours ainsi que la peur de perdre le bénéfice des bourses constituèrent un cocktail puisant de travail.

En réalité, beaucoup de choses dépendent du contexte d'apprentissage dans lequel nous baignons. Pierre Bourdieu a magnifiquement théorisé dans son ouvrage la reproduction dans quelle mesure les familles favorisées sont susceptibles de disposer d'un capital culturel accroissant considérablement les chances de réussite de leurs enfants. Il existe ainsi des "Environnements apprenants" dans lequel on trouve des livres, des échanges, des personnes ressources, un certain usage de la télévision et des réseaux sociaux, des voyages, de l'art, des bibliothèques…. Pour beaucoup d'enfants issus de milieux moins favorisés, il n'y a rien en dehors de l'école.

Immergé dans ce nouvel environnement mes résultats scolaires ont grimpé. Je me souviens de la lecture des notes lorsque ces dernières étaient affichées. En compagnie de Sébastien un de mes nouveaux amis je fus attiré par ce 16 une note manifestement supérieure à toutes les autres. Par curiosité nous allons voir le nom : le mien. Ce dernier eut alors cette réplique « il ne regarde même plus son nom. Il regarde directement la meilleure note ». Je me nourrissais d'une nouvelle confiance.

J'ai eu la chance de faire de belles rencontres, de celles que je t'aurais souhaitées, de celle qui transforme une vie. Nous étions un groupe de 5 particulièrement soudés (du moins je le croyais).

Cette période fut à mes yeux un enchantement relationnel. Je fis l'expérience d'une nouvelle forme de liens d'affectations qui me semblaient plus forts, plus vrais, plus denses. Mon monde se peuplait d'une nouvelle nourriture relationnelle, un mélange de reconnaissance, de séduction, de stimulation intellectuelle et tout ce qui fait que l'on devient ami.

J'étais convaincu que nous resterions liés toute notre vie. Mais rien ne dure vraiment dans ce domaine. Les choses en ont été autrement et ils ont désormais presque tous et toutes disparu de ma vie. Pas une semaine sans que je ne pense à eux. Pas une semaine sans que je ne pense à tous ceux qui ont rempli ma vie. Au fond, je baignais depuis toujours dans la cité dans un environnement relationnel fondé en grande partie sur le rapport de force. Même quand il prend la forme de la blague, il reste un mode relationnel singulier et pour tout dire épuisant.

Manu fut pendant ces années d'étude mon âme sœur. Nous ne nous quittions pas. Il m'a appris à travailler autrement. Il travaillait beaucoup plus que moi, selon des rituels bien précis ... Nous avons tissé une relation très forte. Il avait souvent le courage qui me manquait pour franchir certaines frontières. Notre amitié ne résistera pas à la fin des études et à notre respective mise en couple. Certaines amitiés sont exclusives et manu était de cette nature. Il me l'avait d'ailleurs plusieurs fois fait comprendre. Il faut savoir partir quand le temps est venu de laisser la place à d'autres. Comment peut-on n'être plus rien après avoir été autant présent à l'autre ? Régulièrement je lui adresse de petits messages via Facebook, mais il finit toujours après un ou deux échanges par ne plus répondre. Seule demeure Sylvie.

Le travail de nos déplacements

Il serait prétentieux de dire que je suis devenu un transfuge (une maîtrise ne suffit pas à changer de classe sociale (ce voyage dans une autre classe sociale je le ferais en partie par la suite). Disons que sur certaines dimensions du monde social, j'ai commencé un voyage et ai tout de même franchi quelques frontières sociales et symboliques, engagé certaines transformations. Une lente mutation était en train de s'opérer eu moi.

- La distance à son milieu où le cosmopolitisme social

Si mes études m'ont éloigné, je n'ai jamais rompu totalement avec mon milieu d'origine. Je n'ai jamais subi la force de violence dont ont été victimes Édouard LOUIS ou Didier ERIBON[9]. Ni par le haut (mes études ne m'ont pas porté à de tels sommets où il devient nécessaire de rompre psychiquement par la force de certaines institutions et relations). Ni par là-bas (je n'ai jamais été rejeté par mon milieu d'origine critiqué parfois moqué, mais pas renié). Si aucune rupture fondamentale ne s'est opérée, c'est je le crois et j'en rends grâce à mes parents parce que je n'ai jamais véritablement douté d'être aimé, mal-aimé souvent très aimé parfois, mais nous sommes tous perfectibles dans ce domaine.

Il n'en reste pas moins que je me suis éloigné. J'ai entamé un voyage social et psychologique dont je ne suis jamais complètement revenu. Comme tous les déplacés sociaux, je n'ai plus vraiment de chez-moi. D'une certaine façon je suis devenu un cosmopolite. Nous rêvons tous de voyage. J'ai tant voyagé sans vraiment bougé découvert d'autres mondes d'autres classes sociales et d'autres cultures. J'ai conservé de mes origines populaires un certain sens de l'humour, un sens du repas et de la fête, le quête de la stabilité et la peur de la

---

[9] Deux auteurs dont le parcours est marqué par une trajectoire de transformation culturelle et sociale

prise de risque. J'ai toujours rejeté les dispositions racistes et haineuses qui prennent de plus en plus de place dans ce monde. J'ai pris chez les classes bourgeoises ce qu'il y a à prendre à savoir l'art, la culture, l'écrit. Je me sens bien dans l'ensemble des milieux ou alors mal à l'aise dans tous selon mon humeur. Mon monde émotionnel est un volcan menaçant souvent de rentrer en éruption. Toujours en vigilance. C'est le prix payer pour ceux qui ont coupé leur racine. Le vent peut nous emporter plus facilement. Nous devons vivre avec de bien encombrants locataires pour ne pas dire squatteurs de nos âmes : la solitude, le sentiment de n'être jamais à sa place, le syndrome de l'imposteur, la culpabilité de la trahison….

- Les épreuves de liens et de sens des transfuges

Les questions posées par les parcours de vie des transfuges sont nombreuses. Elles prennent la forme de difficultés, d'échecs, d'enjeux, d'injonctions autant d'objets existentiels capable de mettre en mouvement les structures psychologiques, les points d'équilibres de l'individu jusqu'ici au fondement non seulement de son identité, mais aussi de son histoire, des relations aux autres et du sens qu'il donne à sa vie. Nos trajectoires de vie nous les place sur la route de notre existence. Nous les rencontrons ces questions spirituelles. Elles nous travaillent autant que nous les travaillons.

S'opère ainsi une transformation ou pour être plus précis une véritable conversion spirituelle, car au fond ce changement de culture, de classe sociale est un changement de monde et qu'il y-a-t-il de plus fort, mais aussi angoissant que de changer de monde ?

- Réussir, est-ce trahir ?
- Comment changer de peau sociale ?
- Devons-nous être fidèle à notre enfance ?
- Faire preuve de culture est-ce violenter ?
- Comment et jusqu'où faut-il se transformer pour se couler dans le monde social ?

Nous sommes constitués de multiples rapports au monde. Nous sommes ce que nous sommes, car nous avons tissé ou d'autres ont tissé pour nous des liens au monde dont chaque corde fait vibrer une composante de notre âme. Je suis fait de mon rapport à la souffrance, au pouvoir, à l'argent, à la mort, à l'amour, à mes fragilités, à des ambitions, à la religion, à la politique

Alain

Alain fut l'un de mes meilleurs amis dans le monde de la cité. Nous nous sommes fait toutes les promesses que les adolescents peuvent parfois se faire, promesse de liens éternels et nous avons changé. Quelques coups de fil au cours desquels il me ramène inlassablement à nos belles années d'amitié et à tous ces engagements. Un jour je me décide à aller le voir après peut-être 2 ans sans nous être rencontrés. Je rentre dans son appartement comme on pénètre dans un autre monde, un ancien monde que j'ai connu, mais dont je ne reconnais plus rien ou plutôt dont je reconnais trop bien l'angoisse. 7 chiens cohabitent dans ce petit espace. L'odeur m'est difficilement supportable. Je prends sur moi. Alain me parle pendant des heures et tous ces mots transpirent la haine, la haine de ses voisins, des arabes et des autres en général. Il pèse désormais près de 150 kg et presque autant de haine. Je l'invite au restaurant. Il drague la serveuse ostensiblement. Il me met mal à l'aise. Cette présence, ce moment, finit par m'angoisser, remonte une peur que je pensais avoir oubliée, de celle que j'avais voulu fuir...L'impression qu'une force pourrait encore me faire revenir dans ce monde. Il est encore présent. Peut-être me réclame-t-il ? Nous nous quittons et il ne le sait pas encore, mais cette fois-ci ce sera définitif. Quelques appels de sa part. Des non-réponses de la mienne et c'est fini. Il m'arrive souvent de penser à lui, à ce que nous avons été, à ce qu'il aurait pu être et à ce que nous ne sommes plus.

Peut-on abandonner ceux qui furent siens ?

- Pierrick

J'ai mangé il y a peu avec le seul ami de ce monde avec qui j'ai encore des liens[10] et je m'étonnais devant son souhait de déménager pour revenir vivre à Dinan.
- Tu as aimé ton enfance à ce point pour vouloir y revenir ?
- Je ne sais pas. J'ai juste envie de revoir les lieux, de refaire certaines choses que je n'ai pas pu vivre.
- Oui c'est vrai Pierrick. Je te comprends plus que tu le crois. Nous n'avons pas eu une jeunesse ordinaire. Nous avons vécu enfermés dans bien des prisons. Il nous a manqué beaucoup et en premier lieu une forme de capital symbolique qui manque cruellement aux dominés : la confiance. Sans elle, les choses mêmes les plus banales (entrer dans un bar, draguer une fille…) deviennent compliquées, mais cette confiance elle ne tombe pas du ciel. Tu l'as un peu maintenant et moi aussi. Tu penses pouvoir retourner dans ce monde armé de cette nouvelle confiance et triompher. Cette confiance, nous l'avons conquise de haute lutte dans nos études et nos trajectoires professionnelles. Nous ne savions pas nager et nous avons traversé une mer ne pouvant s'arrêter sur aucune des îles peuplant les jeunesses ordinaires. Mais hélas, Pierrick, la vie ne repasse pas les plats et ce qui est perdu ne peut se rattraper. Ces îles dont tu rêves et que tu espères retrouver. Elles sont désormais inaccessibles, pas forcément loin, mais sur un chemin que nous ne pouvons plus emprunter. Celui du temps. D'autres jeunesses les empruntent peut-être. Je l'espère pour eux. Dis-toi que notre jeunesse ressemble tout de même à quelque chose (elle n'a peut-être pas été flamboyante, fait de simples matchs de football, de longues parties de poker, de

---

[10] Lui aussi à sa façon a eu un parcours de promotion sociale significatif

longues périodes d'ennui.) Mais elle a eu sa richesse comme toute vie même cabossée, même limitée, même enfermée. Elle fut peuplée de rire et de jeux. Elle eut d'immenses limites que nous connaissons. Nous avons conquis une part de liberté, mais il nous reste tellement à faire et le temps nous manque. Nous avons conservé certaines de nos prisons, mais aussi brisé pas mal de chaînes et peut être qu'au fond une partie de la valeur d'une vie se mesure au chemin parcouru entre le point de départ et là ou tu arrives et pas simplement à la hauteur du sommet. Si c'est cela la valeur d'une vie et d'un parcours alors nous avons eu une vie exceptionnelle puisqu'il faut bien qu'elles le soient. Et puis peut-être que cette vie que nous n'avons pas eue nous a ouvert l'appétit de toutes les vies comme nulle autre. C'est peut-être grâce à ce manque que nous poursuivons ce voyage d'émerveillement. Tu peux y retourner Pierrick chercher des fantômes d'une vie, mais j'ai bien peur que tu n'y trouves rien d'autre que des voix d'outre-tombe.

- Les formes de départs et de voyage

Il est certain, maman, que mon parcours scolaire produisit une distance supplémentaire entre toi et moi. Tu ne t'opposais pas à ces études. Je pense que tu savais que je n'avais rien de ce monde, de ces talents, de cette force et de cette résignation de caractère qui conduisent à accepter les contraintes et les pénibilités des milieux de travail des classes populaires. Tu savais que c'était pour ton fils la seule occasion de s'en sortir. J'ai toujours pris soin de ne jamais accentuer la distance entre toi et moi. J'ai mis tous les masques qu'il fallait, changeant de visage, de vêtements, de parole selon mes interlocuteurs, selon les mondes sociaux. L'humour que je tiens de mon père c'est aussi avéré un fantastique passeport social pour celui qui sait le manier. Il peut aider à dépasser les frontières. Et puis surtout ne jamais commettre de maladresses, ne jamais étaler un savoir qui puisse exprimer une forme de violence culturelle symbolique ou sociale. Se renier s'il le faut.

J'aurais voulu que vous partiez tous (toi, mais aussi tous les autres Alain, Ken ....) en voyage, que vous alliez explorer d'autres terres psychiques, ou d'autres mondes, à la rencontre de nos histoires, de nos démons et ainsi brisez nos chaînes. Il n'y a vraiment de voyage que de nature psychique.
Mais de voyage il ne pouvait en être question. Tu avais du mal à sortir de chez toi dans tous les sens du terme c'est-à-dire sur un plan territorial, mais surtout psychique. Tu souffrais de la maladie de l'immobilisme dans un monde où la réussite se mesure au nombre de kilomètres parcourus. Tu étais un anti-modèle et aux yeux de certains peut-être même une figure de l'échec. Mais tu sais maman certains parcours le monde sans avoir jamais quitté leur monde. Il existe de multiples formes de voyages et beaucoup de ces voyages en mode touriste ne nous sont proposés que pour ne pas bouger psychologiquement : se distraire pour ne pas rencontrer les seules forces capables de susciter la transformation (l'ennui, la solitude, le temps long…).
Nos réussites personnelles ne se lisent pas seulement à travers nos déplacements territoriaux, sociaux, symboliques et psychiques, mais aussi à travers nos immobilismes fructueux. Nous sommes travaillés par cette question de la mobilité d'autant plus fortement que l'idéologique mondialisée à placer cette thématique au centre de son répertoire culturel : se mettre en mouvement, avoir des projets, changer de poste, de vie …… tout concourt à disqualifier ce que tu étais.
Mais les classes populaires savent qu'il existe d'incroyables ressources dans l'ancrage géographique, celui de la cité, de la ville ou du quartier quoi qu'en pense l'idéologie mondialisée de la mobilité. Au fond, ton immobilisme, ta peur de l'extérieur ne faisait que pousser ces forces populaires jusqu'à un paroxysme. Tu avais peur de quitter ton domicile comme d'autres ont peur de quitter leur ville ou leur région. Il en faut des ressources pour se déraciner. Les dominés savent que le monde peut vite devenir plus dangereux s'ils ne disposent plus

de ce capital d'autochtonie[11] . Les dominants n'ont pas vraiment besoin de solidarité, car ils ont l'argent et c'est suffisant du moins le pensent-ils.

Notre histoire maman est donc aussi celle de nos déplacements et de nos immobilismes qu'ils soient géographiques, psychiques ou symboliques. Ils sont toujours un monde qui bouge. Des terres psychiques qui s'éloignent ou se rapprochent. Ces forces façonnent les cartes de nos vies.

Le travail de nos souffrances

Nul ne sait vraiment qui il deviendra quand par un matin ordinaire un cancer ou la folie s'inviteront à sa table. On nous raconte beaucoup de choses sur ce chemin et on observe parfois avec angoisse la traversée de ceux qui subissent ce coup du sort. On nous dit la résilience et la croissance post-traumatique. On y voit aussi l'effondrement et le suicide. Ce fut ton chemin maman.

Je rentrais le week-end et le franchissement de la porte suffisait en quelques secondes à me donner la couleur de ce que seraient ces jours. Les enfants qui grandissent dans un univers d'alcoolisme finissent par développer un radar sur ce plan, radar plus efficace encore que n'importe quel alcootest. Un simple regard, quelques mouvements suffisent à apprécier le degré d'alcoolisation. Devrais-je faire face à une nouvelle tentative de suicide ? De nouvelles menaces ? Qui sera présent ce week-end ? La mère douce et aimante ? Le verdict était

---

[11] Aouani, S., Orange, S. & Renard, F. (2019). Les ressources de la proximité. Capital d'autochtonie et engagements locaux des jeunes femmes d'origine populaire et rurale. *Revue française des affaires sociales*, , 167-189. https://doi.org/10.3917/rfas.192.0167

instantané et impitoyable. Seul subsistait alors le doute sur la durée.

Nos monstres grandissent souvent si on ne les calme pas. La vie se charge de leur apporter leur lot de nourriture. De ton côté ce fut un frère jumeau qui meurt prématurément d'un cancer de la gorge à 40 ans. La mort de ton père. Un monde qui se vide encore un peu de ces figures masculines positives, des hommes que tu aimais…. Il n'existe aucun remède maman à la terrible douleur de voir mourir ceux qu'on aime. La disparition définitive de leur regard, de ce qui te conférait une identité unique à jamais perdue. Je comprendrais bien plus tard lors de ton propre départ la violence de ce manque, le sentiment de vide incommensurable et jamais comblé, le vide existentiel.

Mais tu sais nous vivons encore avec ceux qui sont partis. Ils sont tous présents et agissants. Nous leur parlons. La mort ne met pas un terme à toute relation. Une nouvelle s'invente celle de vivant à mort. Elle n'aura jamais la chaleur des vivants, mais on peut aussi y trouver de la richesse. Même tes petites filles ont une relation avec toi, leur grand-mère morte depuis 20 ans. Il s'agit d'une relation avec une figure imaginaire produite essentiellement à partir d'éléments de discours et de photo, mais tu existes encore. Et je crois même que tu es heureuse dans leur monde.

Que faisons-nous de nos morts ?

Le temps passant, je voyais tes souffrances prendre de plus en plus de place et la consommation du seul remède que tu connaissais de plus en plus importante. J'assistais impuissant à une forme de longue agonie, inéluctable. Mon dieu qu'il est douloureux de voir souffrir ceux que l'on aime, d'expérimenter quotidiennement l'impuissance et de voir devant ce terrible spectacle s'étioler les sentiments d'amour que l'on porte pour laisser la place de plus en plus souvent à une colère, à un désir de vengeance qui finissait par ressembler à de la haine contre toi.

Comme haïr ceux qu'on aime ou comment aimer ceux que l'on hait ?

Le monde quant à lui continuait de tourner. Pour peu que nous donnions une apparence de normalité, notre monde intérieur est laissé à chacun. Dans quel monde familial, mais aussi psychologique vivons-nous derrière nos fenêtres ?
Seule l'irruption de la violence venant troubler l'ordre social peut susciter des interventions et encore lorsqu'il s'agit d'une violence sur un l'Autre, car la violence contre toi-même a fait irruption à de nombreuses reprises sans qu'elle suscite de grandes réactions. Il faut croire que tu ne bousculais pas l'ordre social du fond de ta prison.

Pendant toutes ces années, il y eut de nombreuses tentatives de suicide 5 ou 6 peut être 10. Il y eut aussi d'innombrables menaces (50 ? 100 ?). Il existe de nombreux sens possibles au suicide et tu les as traversés tous, nous les avons tous traversés : le suicide par vengeance, par tristesse, par un appel à l'aide, par peur….
Je me souviens des pompiers frappant à la porte suite à mon appel et demandant à l'enfant que j'étais encore un peu (j'avais 16 ou 17 ans) l'autorisation de t'emmener à l'hôpital et toi me suppliant de rester à la maison pleine de larmes et de douleurs. Je me souviens aussi des couteaux sur tes veines menaçant de trancher si j'avançais encore de quelques centimètres ou encore l'oreille collée aux portes fermées à clé pour tenter d'entendre ta respiration, ton souffle de vie et retourner mon coucher, à l'affût d'un bruit

Parfois il arrivait que ton monstre te transforme en monstre. Ta souffrance a été une voleuse d'enfance, impitoyable et arrogante. Frappant à la porte tous les jours de fête, rendant les anniversaires et les noëls inquiétants. Elle était notre compagnon de route occupant toute la place. Jamais rassasiée nous apportant quotidiennement son lot de questions

- Comment faire face à la souffrance ?
- Qu'est-ce que la souffrance peut faire de nous ?
- Est-ce que l'on est responsable de sa souffrance ?
- Est-ce que le fait d'être victime peut justifier que l'on inflige de la souffrance ?
- La vie avec la souffrance a-t-elle un sens ?

Notre vie se construit en grande partie autour des mécanismes (émotionnels, cognitifs, psychologiques, spirituels...) que nous mettons en place pour faire face aux différentes difficultés et types d'épreuves que nous allons rencontrer. Nous nous construisons alors un monde que nous prenons souvent pour le seul et unique monde, celui de tous et toutes. Or en réalité, il m'arrive souvent de penser que tous autant que nous sommes, nous ne partageons pas grand-chose si ce n'est les codes sociaux minimums pour faire bonne figure et donner à penser que notre monde est commun et que nous sommes normaux. Mais que se passe-t-il dans l'intimité de notre territoire psychique ? Combien de crimes imaginaires, de démons, de pulsions, de tristesses, de désirs, de révoltes et plus fort encore combien de représentations du monde ? Combien de territoires dans notre monde ?
La jalousie, la soif de réussite, l'esprit de compétition, la peur du conflit peuvent structurer un univers.

- Les visages de la souffrance

La peur était présente dans la moindre de tes entrailles et elle gouvernait tel un tyran sans pitié. J'aurais voulu que tu l'affrontes. Peut-être as-tu essayé ? Peut-être y as-tu consacré une partie importante de ton énergie ? J'en ai toujours douté et j'en doute encore, car je n'ai jamais trouvé trace de ce cette lutte, mais les batailles les plus dures ne sont pas forcément les plus visibles.

Comme dans toute guerre, il nous faut apprendre à connaître son ennemi. Aller à sa rencontre, c'est-à-dire l'observer, la repérer, apprendre son mode de fonctionnement, connaître sa nourriture, tester des remèdes. Avec le temps elle nous deviendra familière et nous saurons alors lui porter le coup fatal ou mieux encore nous signerons un traité de paix.

Quand d'autres ont pour spectacle quotidien des paysages bouleversants, mon quotidien était bouleversé par le spectacle de ta souffrance, par ton visage et par tous les visages de ta souffrance

La souffrance a bien des visages cachés derrière le tien maman. Ce visage je l'ai vu changer sous l'effet du temps et de l'alcool. Il faut croire qu'un visage dont on efface trop longtemps les rires et l'espoir perd de sa lumière. Il est devenu plus boursouflé marqué par les années. Tu mettais toujours beaucoup de maquillage espérant cacher ta peur. Cette peur que rien ne pouvait vraiment faire disparaître

Mon dieu qu'il est triste de voir les visages s'abîmer et qu'il est encore plus triste d'oublier le visage de sa mère.

Pendant mes études universitaires, je rentrais donc les weekends et je dois reconnaître que je passais de moins en moins de temps à la maison. Il faut dire que les temps en commun notamment les repas tournaient souvent au supplice. Toi silencieuse et triste prête à bondir à la moindre de mes remarques.

J'aurais eu mille raisons de rester sur Rennes porté par ce nouveau statut d'étudiant chaud et valorisant, mais il faut croire que mon port était encore à la maison. Un port effrayant, mais important tout de même. Et puis j'avais une mission celle de te sauver.

Le travail de l'amour

Et puis il y a l'amour. On le trouve partout dans toutes les pièces, sur tous les chemins. J'ai vu autant de vie éclairée par sa lumière que d'autres aveuglées.

Et toujours apprendre sur lui : apprendre à aimer, apprendre à être aimé, apprendre à choisir son conjoint, apprendre à supporter l'usure, apprendre à partir, réapprendre à aimer, apprendre à pardonner, apprendre de ses erreurs, apprendre ce qu'il peut donner et ce qu'il ne pourra jamais être

Ta vie comme la mienne ont été marquées par la présence de cet homme à la personnalité attachante et complexe. Il eut lui-même une vie riche qui mériterait probablement tout autant que toi un livre. Il fut et est encore un mélange étonnant d'une grande sensibilité, d'une profonde intelligence dominée par des affects rendant parfois son comportement imprévisible et irrationnel.
Pourtant malgré ses défauts tu es restée profondément habitée par un puissant amour pour lui.
Je me souviens d'une période de ma vie tu n'étais plus là et d'autres âmes s'étaient aussi envolées. J'étais encore habité par les morsures de ton départ et mon père avait senti un monstre grandir en moi (nous le nommerons dépression par commodité). Il ne lui mettait pas encore de nom. Mais il le voyait à travers mes verres d'alcool et mes larmes. Il ne dormait plus. Pour la 1re fois, il appelait 3 fois par jour. Je n'ai pas de plus belle expérience de sa force de père que cette période qui n'a pas duré plus de 6 mois pendant laquelle il a essayé de toutes ses forces de chasser les monstres. Nous avons été voir des médecins (ces derniers le chassant régulièrement du cabinet). Il me fallait des cachets. Son âme de père réclamait des armes pour tuer le monstre qui grandissait. Je me souviens de ces larmes devant les miennes. Au fond je n'avais pas vu si souvent mon père pleurer et mes simples larmes provoquaient

systématiquement des pleurs incontrôlables de sa part. Ainsi donc il m'aimait profondément. Son corps et ses larmes le disaient mieux que tous les mots qu'il n'aurait jamais pu prononcer. Les monstres se sont calmés.
Tu connaissais son âme. Tu savais qu'au-delà de la violence de ses passions elle était profondément aimante.
Je ne savais rien de son enfance. Profitant d'un repas je lui ai alors demandé de me la raconter. Papa parle-moi de ton enfance ? Parle-moi de ton père ? Un grand silence se fit autour de la table mes filles, ma sœur et ma femme étaient présentes. Nous te regardions papa chercher dans ta mémoire ton dernier souvenir. Nous avons senti l'émotion monter. « Je ne l'ai vu qu'une fois as-tu répondu. Il m'a fait monter dans une charrette ». C'est tout. Ainsi tu n'avais pas connu ton père. Je savais qu'il était mort jeune à 40 ans, qu'il était marin et qu'il est enterré à Terre-Neuve mais je ne sais pour quelle raison j'avais imaginé que jusqu'à cet âge tu l'avais côtoyé, et même vécu avec lui. Non une histoire de passage avec ta mère. Rien d'autre. Un homme que tu croises de temps en temps et qu'une fois seulement te fait monter dans une charrette. Je crois que tu as pleuré intérieurement à cet instant. Adèle ta petite fille de 11 ans me l'as dit dans la voiture. « Tu as vu papy il était ému ». Je m'en suis voulu de tant d'ignorance.
Beaucoup d'instituions nous transforment, nous travaillent et parmi elle le couple est l'une des plus puissantes. Le choix de notre conjoint et la danse que nous proposons de réaliser à deux dessine le chemin de notre vie. Cet espace social peut être un lieu d'épanouissement autant qu'un lieu de violence et d'aliénation.
Toi et papa vous vous formiez un couple hors du commun. D'une certaine façon vous vous êtes restés fidèles au-delà de la séparation. Pour toi, cette fidélité fut évidente puisque tu n'as jamais refondé un autre couple, mais même pour mon père et même s'il n'est jamais resté seul très longtemps il n'a jamais fait d'autres enfants avec d'autres femmes. J'y ai toujours vu comme un hommage qu'il te rendait.

Il te ou plutôt nous rendait visite très souvent malgré les innombrables reproches que tu lui formulais allant parfois jusqu'à lui jeter des œufs sur la voiture (tu savais parfois dépasser le sentiment de honte). Tu m'en voulais souvent de ne pas lui en vouloir assez. Parfois tu aurais voulu que je le déteste pour la vie qu'il ne t'a pas offerte. Pour le divorce, pour l'homme qu'il n'a pas été et que t'aurais voulu qu'il soit. Tout comme il m'est difficile de trop te blâmer de tes violences en grande partie imputables à tes démons, il m'est difficile aussi de trop le blâmer de ces erreurs imputables à d'autres drogues argent et femmes qui n'en sont pas moins puissantes. Tous les 2 vous avez eu vos chaînes terribles et puissantes, tyran sans pitié pouvant vous faire rejeter et renier tout ce que à quoi vous teniez le plus. Vos 2 âmes enfermées meurtries, car mal-aimé n'en ont pas moins développé une immense sensibilité et une capacité à aimer. Et ceci, tu le savais. Qu'il est difficile d'en vouloir aux âmes aimantes et peut-être d'ailleurs ne faut-il pas le faire et ainsi conserver la capacité à ressentir la meilleure part d'eux-mêmes pour développer le meilleur de soi-même…..

Le travail du métier

Pour certains, la chance, la reproduction sociale, l'intelligence mathématique (appelons cela comme on veut) leur permettra d'accéder à un métier enrichissant financièrement, ce qui est énorme. Il leur faudra tout de même apprendre à puiser tout le potentiel du métier. On peut être avocat, médecin ou chef d'entreprise de mille façons, de la plus belle à la plus dégradante.
Il leur faudra aussi affronter des formes de transformations de soi quand on doit habiter son métier et y déposer son âme : intérioriser des contraintes de rôles, subir des violences symboliques, des injustices, supporter la fatigue, des

déceptions, le déclassement, le plafond de verres, des rapports de pouvoir, la bureaucratie...... Il leur faudra affronter les risques existentiels de certains métiers. Les pathologies de l'exercice du pouvoir sont parfois au rendez-vous des parcours les plus glorieux. Ils pourront parfois rencontrer l'autonomie, la confiance, le défi, la puissance d'agir, la créativité, le développement professionnel et bien d'autres choses encore.
Pour d'autres, le sort leur réservera une autre vie sur ce plan. Incontestablement plus dure. Il n'est pas certain que tout ceci soit juste même si l'école est faite pour nous le faire croire. Tous les métiers d'offrent pas le même espace d'épanouissement. Pourtant il faudra bien qu'ils les trouvent : la vie collective, le sens du travail bien fait, l'utilité sociale, la qualité des relations, l'apprentissage de nouvelles compétences, le sentiment de travail bien fait, la création de belles œuvres, la lutte syndicale ou la recherche d'un autre travail sont autant d'espaces pour écarter les portes de la prison. Il faudra bien qu'ils l'ouvrent un peu cette porte pour rencontrer leur métier ou alors il leur faudra partir.

La fin de mes études avec un bac + 4 en poche (à mes yeux un trésor qui allait m'ouvrir toutes les portes. J'allais vite déchanter....). Ce fut donc la période de retour à la cité et à la vie avec toi ; Plus de statut auquel se rattacher, une perte brutale et inquiétante de cette identité positive.
J'aurais pu poursuivre par un DESS. J'aurais dû poursuivre, mais après une année de service civil en lieu et place de mon service militaire dans un centre social, j'ai eu la prétention de penser que je possédais un capital assez fort pour trouver un travail. Il faut aussi dire que le parcours se complexifiait : demande de bourse spécifique, dossier d'inscription, entretien, mobilité....Des dépenses en perspective. C'en était trop pour moi.
Cette expérience au centre social fut aussi lumineuse. On me confia des responsabilités. Je me découvris assez doué dans ce type de milieu. Le monde des bureaux me convenait

manifestement. La confiance dans certaines de mes capacités grandissait. Je me trouvais toutefois en porte à faux sur un plan : le centre social avait pour principale mission le fait de s'occuper des pauvres de Dinan donc les habitants du quartier Nord Est (expression que j'entendais pour la première fois et qui représentait pourtant un outil conceptuel de désignation géographique, mais aussi sociale et symbolique de mon quartier d'utilisation quotidienne au sein du centre). Derrière cette expression « quartier nord-est » se cachait la population la plus précaire et disons le mot « pauvre » de Dinan dont je faisais partie. Ainsi nous étions une question sociale, une question qui portait même un nom et sur laquelle il fallait agir. Pendant cette période, je luttais pour redorer le blason symbolique de cet espace. Dans mon discours il devenait une fantastique région de solidarité de rire et de magnifiques parties de football. J'idéalisais et construisais une vision romantique de cet univers.

Ma maîtrise en poche, une solide expérience dans un centre social et me voilà partie pour faire le grand saut dans le marché du travail.

Cette année de recherche d'emploi fut particulièrement douloureuse. Le marché scolaire m'avait en partie fait roi (un roi de pacotille, mais un roi tout de même à mes yeux), mais il me fallait maintenant affronter un autre marché, celui du travail et il ne fait pas de sentiment. Il livre sa part de vérité sur la valeur de vos diplômes et de votre parcours. La vie allait m'apporter sa réponse et dévoiler le sens final de mon parcours. Chaque réponse négative à une candidature distillait en moi le sentiment que le destin social commençait à me rattraper. Un sourd désespoir s'installait discrètement commençant son travail de sape. Et si j'avais fait tout cela pour rien ? Beaucoup commençaient à me renvoyer l'inutilité de mes études « tout ceci pour te retrouver au chômage » et si le monde des cadres ne m'acceptait pas. Il m'était difficile d'envisager une autre trajectoire. Peut-être, reprendre les activités de ménage que j'effectuais chaque saison ? Je ne pouvais m'y résoudre.

Je me retrouvais de nouveau totalement immergé dans cet appartement, dans cette vie avec toi. Je ne pouvais plus me réfugier dans ma cité universitaire porteuse d'une identité positive avec mes amis. Nous cohabitions. Ta souffrance grandissait. Elle était comme la lave d'un volcan que rien n'arrête, pas même ma présence et elle finissait par me brûler.

Après quelques dizaines de candidatures, je décroche enfin un entretien de recrutement. Nous sommes 15 candidats. L'épreuve consiste à nous réunir tous pendant 1h30 dans une même salle. Nous devons travailler collectivement sur un projet. Les recruteurs sont là tranquillement assis, satisfaits de leur pouvoir. Ils observent. Ils prennent des notes. À l'issue de cette épreuve, ils débriefent pendant 20 minutes et nous prennent en entretien un par un pour une restitution. La sentence tombe « on ne vous a pas entendu et il est donc difficile de vous faire un retour ». Le dispositif me semble absurde. Qui vraiment est capable de montrer ses compétences dans ce type de scénario ? Les plus à l'aise dans cet exercice sont-ils véritablement les plus compétents sur ce poste ? En sortant un candidat qui n'a pas été pris non plus me livre sa vérité « tu n'as pas été pris non plus ? Mais laisses tomber celle qui est retenue c'est la stagiaire qui bossait chez eux depuis 6 mois ? Tout était déjà joué »

Enfin après un an de recherche d'emploi et un stage à la mission locale pour perfectionner mes techniques d'entretien, la victoire sonne à ma porte : un poste de cadre dans la fonction publique territoriale à Cergy-Pontoise. J'ai donc fini par décrocher ce fameux sésame : un poste de chargé de mission pour m'occuper des emplois-jeunes. Encore une fois le service public me tend la main. J'allais pouvoir partir, quitter cette cité et je n'en avais aucun regret. J'avais goûté au charme de la liberté dans ma cité U et la vie à Cergy Pontoise allait m'offrir de nouvelles formes de cette liberté. Tout ce travail n'avait donc pas été vain. Il m'avait permis d'accéder à une autre position sociale.

J'allais aussi devoir t'abandonner encore un peu plus

Je rentre de Cergy-Pontoise après avoir passé mon entretien de recrutement. Tu m'accueilles en me lançant un numéro de téléphone.

– tu as eu la réponse. Tu es retenu.

J'avais obtenu le poste. J'étais fou de joie. Tu pleurais. Tu avais probablement compris que cela signifiait mon départ et d'une certaine façon un départ pour une vie d'adulte, un départ définitif sans retour. J'aime l'idée qu'une part de toi était satisfaite de voir que tous mes efforts n'avaient pas été vains, mais tu ne l'as pas montré ce jour-là. Trop triste de mon futur départ

- Mon premier travail - une autre transformation

Je loge chez un ami du club de football. Un pied-à-terre pendant la durée de la période d'essai…. Même si une partie importante du chemin a été faite en trouvant ce 1er poste, une rupture de la période d'essai anéantirait toutes mes chances. Le retour serait alors terrible et probablement définitif. Je m'investis corps et âme dans cette prise de poste travaillant tous les soirs pour apprendre tout ce que je ne connais pas notamment approfondir mes connaissances en droit du travail et dans le statut de la fonction publique territoriale. L'accueil est très chaleureux. Je m'y sens bien même si le territoire est plus violent. Pour la première fois, j'ai peur dehors la nuit. Je découvre que le monde des cités est bien plus hétérogène que je le pensais et que ma propre cité était très largement à l'abri. Nous étions des enfants de chœur…..
Cette immersion dans le monde professionnel a pour conséquence de me faire entrer dans une nouvelle aire de transformation. Cela se fera dans la douleur parfois même dans la terreur, mais cela se fera. Mes études n'avaient pas modifié profondément ma structure de personnalité. J'avais gagné

quelques grammes de confiance en moi, mais les épreuves universitaires touchant à mon savoir-être étaient restées modestes, voire inexistantes (quelques petites présentations orales rien de plus). Contrairement aux grandes écoles, l'université ne soumet pas véritablement les étudiants à ce type d'expérience de socialisation professionnelle notamment la prise de parole en public ou tout simplement l'apprentissage d'une relation à l'autre différente. Je m'en passais très bien d'ailleurs, mais je ne pouvais plus reculer.
Première formation mes jambes tremblent quand je dois parler en public. J'en suis surpris. Je n'ai pas vu venir cette fragilité en me portant volontaire pour cet exposé. Moi aussi je suis sensible. Il va falloir que je travaille cette dimension de ma personnalité comme tant d'autres. Je vais engager un nouveau combat contre moi-même un autre processus de transformation: apprendre les codes apprendre à parler sans perdre ses moyens…. Ce fut une lutte longue et épuisante une succession d'épreuves difficiles douloureuses parfois humiliantes, mais aussi transformatrices et libératrices. Pour chaque épreuve (présentation orale) je me prépare comme un marathonien : entraînement. Apprendre tout, mais aussi jouer l'improvisation….

Lors d'une journée de formation je déjeune dans un restaurant. Je suis invité à servir le vin. Quel verre choisir ? J'en pris un au hasard. Je suis loin d'être certain d'avoir choisi le bon, mais personne ne m'en a fait la remarque.

Quand j'étais à Cergy, tu m'appelais parfois dans la nuit pour me dire que tu allais te tuer. Tu raccrochais subitement me laissant seul avec cette parole et la nécessité d'agir, d'analyser et de mesurer le sens et la force de tes paroles : une menace ? Juste des paroles en l'air ?. Te rappeler et te menacer de faire venir les pompiers ? Parfois appeler ma sœur pour qu'elle aille vérifier.

L'alcool gagnait du terrain de plus en plus souvent de plus en plus longtemps de plus en plus fort

- Une nouvelle liberté

Cette vie à Cergy fut un pas supplémentaire vers une forme de liberté
Mes études m'avaient permis d'acquérir une nouvelle ouverture, de parcourir un petit bout de chemin qui avait le goût très agréable de la liberté. Je disposais maintenant d'un salaire me permettant d'accéder à des « richesses » supplémentaires notamment la possibilité de pouvoir m'acheter des livres. Mes études m'avaient donné une idée de la richesse du monde, mais il était encore plus dense que je ne pouvais l'imaginer : des autres à rencontrer, des outils, des territoires, des idées, et encore des rencontres. Je me souviens encore du plaisir de pénétrer dans une immense librairie. Je n'en avais jamais vu de cette taille.
Bien sûr il y eut aussi quelques moments de solitude, mais aussi l'immense joie de rencontrer Philippe un ancien camarade de promo chez qui j'ai habité très vite et avec lequel je vais partager plusieurs mois de vie inoubliable. Je lui transmettrai même ma passion pour le foot et force est de reconnaître que l'élève dépassera bien vite le maître. Il faut dire que nous étions en 1998….
Je revenais régulièrement (tous les 15 jours) et ne manquait pas de passer te voir même si ces visites étaient souvent pénibles. Dans quel état allais-je te trouver ? L'alcool devenait de plus en plus présent. Tu pouvais rester plusieurs jours consécutifs imprégnée d'alcool et demeurer ainsi dans un état d'ébriété total alternant les périodes de sommeil et les périodes d'ivresses. Même ce sommeil n'avait pas raison de cet alcool. Tu te réveillais, à mon grand étonnement, parfois encore plus ivre que quand tu t'étais couchée. Tu devais certainement te lever la nuit pour boire. Je ne voyais pas d'autres explications. Je te laissais de plus en plus souvent seule. L'atmosphère devenait irrespirable. Il me semble souvent que ma simple

présence avait le pouvoir de susciter chez toi de nombreuses émotions négatives et risquait de provoquer d'autres menaces ou d'autres tentatives. Je crois que je finissais par incarner à tes yeux une figure d'autorité culpabilisante et jugeante.
Nous dansions une bien curieuse danse : d'un simple regard, tu projetais sur moi tous les reproches que tu te faisais, me soupçonnant de condamner ton alcoolisme et justifiant ainsi comme un acte de rébellion quelques bières supplémentaires. Il n'en fallait pas plus pour ouvrir le bal.
Les visites étaient certainement insuffisantes à tes yeux. Elles m'étaient inquiétantes et pénibles. J'avais de moins en moins envie de subir cette violence. Il m'arrivait toutefois de trouver rayonnante et j'en garde encore un souvenir ému. Nous pouvions alors avoir quelques moments de complicité à travers une partie de dame ou un arbre généalogique improvisé. Tu me racontais alors un peu de ton histoire. Et nous dansions alors une danse touchante.
.

Le travail du pouvoir

Il arrive un moment dans la vie où l'on possède une parcelle de pouvoir, pouvoir sur une autre vie encore plus fragile que la sienne, pouvoir dans une organisation, dans une relation...Ils sont nombreux les espaces de cette nature. Posséder un pouvoir est une expérience singulière, car au fond, il est juste te dire que la vérité d'un être se révèle quand on lui donne une puissance entre ses mains. Tant que je suis sans puissance, il se peut qu'une part de moi me soit cachée. Avec du pouvoir, on peut construire ou détruire, tendre cette main ou frapper...
Nous avons tous les deux, maman été confrontée chacun à notre façon au travail du pouvoir sur nous.

4 ans à Cergy-Pontoise. Je réussis le concours d'attaché territorial. Une immense joie qui me confirme définitivement

dans ce statut de cadre et me met à l'abri de toute forme de pauvreté. Plus que le bac plus que tout c'est la réussite à ce concours qui suscita en moi la plus grande satisfaction. Il m'apporta la sécurité dont j'avais tant besoin. Plus rien ne pourrait désormais me faire choir. L'angoisse de la chute, du déclassement du retour à la case départ pouvait s'éloigner. Elle sera toujours un peu présente. Nous vivons avec nos démons même quand il n'existe plus aucune raison qui justifie leur présence.

Je postule sur un poste en Bretagne dans la gestion des Ressources humaines. Je suis recruté en tant que directeur adjoint dans une collectivité de 400 agents. 6 ans de vie sur ce poste et une réorganisation compliquée et me voilà postulant sur un poste de DRH adjoint dans une structure beaucoup plus importante de 4500 agents. Un an à peine après mon arrivée l'opportunité de devenir le DRH dans cette structure se présente. J'hésite longuement. Cette fois-ci c'est le grand saut dans un statut supérieur …..une étape de plus. Il est probable que cette hésitation tient au fait que ce nouveau voyage qui m'est proposé me fera quitter définitivement le monde d'où je viens et il se peut que je n'en ai pas fondamentalement besoin ni envie. Je refuse quelques jours avant d'accepter. J'occuperai cette fonction « prestigieuse » pendant 7 ans. C'est à cette période que je me suis senti dans la peau d'un transfuge de classe. Ma maîtrise m'avait déjà fait grimper quelques barreaux dans l'échelle sociale, mais devenir DRH d'une structure de 4500 agents représentait une autre ascension. J'encadrais des cadres ayant des parcours scolaires bien plus prestigieux, des ingénieurs de grandes écoles. Je devais poursuivre ma métamorphose psychologique et mon éthos populaire devait de plus en plus reculer pour laisser éclore un habitus bourgeois. Cette mutation s'opérait à travers les épreuves qui s'imposaient à moi façonnant une autre personnalité, produisant un moi tiraillé par des forces contradictoires. Je devenais une sorte de dominant ou à minima j'en côtoyais et devait alors s'opérer un mélange des cultures populaires et bourgeoise, l'une détestant souvent l'autre...J'ai fini après 7 ans de service sur le poste par demander une rétrogradation pour revenir sur un poste de chargé de mission, une anomalie dans mon univers.... Il faut croire que je n'ai jamais réussi ou voulu occuper cette place, être à cette place, être un dominant.

Je quitterai cette fonction dans un acte de révolte contre une demande hiérarchique de trop (consulter mes mails toutes les 15 minutes) témoignant d'une violence de trop, mais au fond mon départ tient plus au fait que je ne me sois jamais totalement adapté à cet éthos professionnel, celui que les grandes écoles ont l'art de produire, celui qui nous invite à sacrifier toute notre vie privée pour le bénéfice du travail (on appelle cela la « disponibilité »), jamais je ne renoncerai au plaisir de voir grandir mes enfants et par conséquent au fait de rentrer à une heure raisonnable. Cet acte de révolte (ainsi que le non-port de la cravate et tant d'autres détails témoignant de l'appartenance à un monde) me sera fréquemment reproché. Cette question de la place se manifestait jusque dans mon positionnement spatial. Je n'occupais pas le grand bureau qui est resté ainsi 7 ans vide, mais j'ai fait mienne la grande table, celles des rencontres et des échanges. Après quelques mois de placard « choisi » suite à ce départ, je poursuivrai ma carrière sur un poste de responsable d'un centre de formation dans une autre structure occupant ainsi une autre place peut-être moins prestigieuse, mais assurément plus conforme à ce que je suis, à ce que je voulais être et à ma trajectoire.

Tu ne connaîtras pas cette nouvelle étape de ma vie. Mais c'est sans importance, car pour toi le seul parcours qui comptait ne se mesurait pas en prestige ou en place, mais au nombre de kilomètres qui nous séparaient. Tu partiras 2 ans après mon retour en Bretagne.

Ce que j'ai appris, maman, de toutes ces années de vie professionnelle c'est que nous avons tous nos monstres ! Je les ai rencontrés dans l'intimité de mon bureau de DRH. Ils me l'ont dit. Ils étaient psychologues médecins directeurs, mais n'en étaient pas moins gouvernés par des passions

destructrices, une vision du monde forgée par des croyances plus ou moins rationnelles parfois incapables de se libérer de leurs démons. Leur intelligence, leur culture, leur pouvoir n'ont rien à voir là-dedans. Ils leur offrent seulement une apparence et la certitude que personne ne viendra voir derrière les fenêtres de leur âme. Il se peut même que lorsque certaines faiblesses apparaissent dans l'espace public, chacun prenne bien soin d'y voir des signes de singularités propres aux grands hommes. Avoir une forte personnalité, être pris par le poids des responsabilités sont des justifications bien commodes aux abus quotidiens de pouvoir.
Je me suis arraché à mes monstres du mieux que j'ai pu. Peut-être étaient-ils moins forts que les tiens. Peut-être m'avais-tu donné les ressources nécessaires en m'aimant souvent…. Et puis la chance de certaines rencontres. Ce fut une bataille difficile comme celle que tu as menée. Tu vois nous devons tous mener nos guerres et la plupart du temps nous les livrons contre des parts de nous-mêmes.

Le travail de la folie

Des mots peuvent tuer socialement et psychologiquement. Ils portent en eux un stigmate indélébile. Ils donnent à voir un destin auquel on ne peut se résoudre. La folie opère ce genre de travail.

Avec le temps vint une autre inquiétude. Un autre monstre allait apparaître dans ta vie bien plus terrible à tes yeux que tous ceux que tu avais rencontrés. Celui-là prendrait ta vie. Cela a commencé dans la salle d'attente du médecin.

« J'ai entendu dans la salle d'attente le médecin dire qu'il fallait me faire interner »

L'internement était pour toi l'horreur absolue. Il m'était difficile d'imaginer que tu avais pu surprendre une telle conservation. Pour quelle raison le médecin voudrait-il t'enfermer ? Il n'avait jusqu'à maintenant pas manifesté de réelle inquiétude ou alors une telle inquiétude ne s'était jamais traduite par des contraintes d'une quelconque nature. En outre, il m'était difficile d'imaginer que la salle d'attente permette d'entendre ce type de conversation si tentée qu'elle ait eu lieu. Pour te rassurer, je pris tout de même rendez-vous avec ce médecin. Il me confirma qu'une telle conversation n'avait jamais lieu. Je crois même qu'il en a ri…
La confirmation que ces paroles n'avaient jamais été dites fut pour toi un immense soulagement (personne ne cherchait à te faire enfermer) qui laissa rapidement place à une angoisse bien plus grande encore. Nous avons partagé à cet instant un moment d'amour. J'avais compris, tout comme toi, sans que nous ayons besoin de nous le dire qu'on fond il aurait peut-être été préférable qu'une telle conversation ait eu lieu, que le résultat de mon enquête n'avait rien de rassurant. L'avis d'un médecin cela se discute, l'avis du corps médical cela se négocie, mais comment négocier avec des voix, avec ce nouveau monstre.

- mais s'il ne l'a pas dit est-ce que je ne deviens pas folle ? Fut la phrase que tu prononças le regard plein de larmes.

Il n'y avait aucun alcool ce jour-là. Tu étais parfaitement lucide. Et de toutes les tristesses, de toutes les inquiétudes que j'ai ressenties pour toi celle-ci fut la plus forte, la plus profonde et la plus cruelle. Je tentais bien quelques actes de réassurance « maman cela arrive de mal comprendre une conversation », mais je ne trompais personne ni toi ni moi. Ces paroles que tu avais entendues s'il était maintenant avéré qu'elles n'avaient jamais été prononcées, cela ne pouvait signifier qu'une chose : désormais tu entendais des voix. Ton univers psychologique se dégradait. La vie t'apportait un nouveau malheur. Tu avais été

toute ta vie terrifiée par la perspective de la folie. Même ta phobie sociale quand on la regardait de près pouvait tout à fait s'interpréter en lien avec cette peur de la folie. Tu avais peur que les gens puissent percevoir dans tes rougissements tes tremblements une forme d'anormalité. Ni l'alcool, ni la dépression, ni la peur des autres, ni les tentatives de suicide ne nous placent définitivement du côté de la folie, mais des hallucinations auditives c'est une autre histoire qu'il te fallait désormais affronter.
Puis ce furent les voisins du dernier étage qui parlaient de toi. Il était désormais évident que tu souffrais d'autres choses.
Une autre page de ton histoire était en train de s'écrire. Ce serait la dernière.
Je crois que parmi tous les monstres que tu as rencontrés c'est celui-ci qui t'a terrassée. Parmi toutes tes peurs, celle de la folie était la plus grande. La vie ne t'aura décidément rien épargné. Elle t'aura même offerte ton plus grand cauchemar comme générique de fin.
Ce fut à cette période que tu mis fin à tes jours. Quelques jours avant quelques jours après. Tu as avalé des cachets. Tu t'es allongée dans ton lit. Personne ne peut vraiment savoir comment s'est passé ton départ dans la solitude de ta maison, quels furent tes derniers gestes et quelles pensées t'habitaient. J'espère que tu es partie le plus calmement possible, sans douleur et pourquoi pas heureuse de quitter cette vie manifestement trop douloureuse pour toi, mais je n'en sais rien. Je n'étais pas présent. Tu es parti dans une profonde solitude et je crois qu'il aurait pu en être autrement.
Ta mort a introduit un autre questionnement dans ma vie celui du droit à mourir. Cette simple perspective du droit à mourir aurait peut-être été de nature à t'engager sur un autre chemin et même s'il dut aboutir à cette même fin, le parcours en aurait été différent (qui sait si certains médecins ne t'auraient pas fait changer d'avis en t'apportant des lueurs d'espoir). Ton départ, l'acte de séparation d'avec ceux que tu aimes aurait nécessairement fait l'objet d'un travail collectif dans lequel

l'amour aurait eu sa place, des paroles auraient été dites. Tout aurait été mieux que ce départ sans mot, sans adieu dans cette terrible nuit et cette immense solitude lâchant sur ceux qui restent les fauves existentiels que l'on nomme culpabilité, regrets et autres remords, mais aussi 1000 questions à jamais sans réponse. Le droit à mourir, ce sommet de la civilisation humaine à mes yeux, offre une certitude de pouvoir partir et chasse définitivement de notre vie la peur de « mal finir » dans la douleur ou la solitude pour laisser advenir une formidable force de vie.

Le lendemain, quelques voisins se sont inquiétés devant les volets fermés et les pompiers ont découvert ton corps. Ta vie venait te s'éteindre dans la chaleur d'une nuit d'été. Tu avais 56 ans et plus jamais tu ne seras présente dans ce monde désormais un peu plus vide. On construit. On chemine. On avance dans le froid de nos douleurs puis plus rien. En quelques minutes, la mort fait son travail et brûle les livres de nos existences patiemment accumulés pour ne laisser qu'un corps inerte. Il ne restera de toi que quelques objets sans grande valeur et tes souvenirs, nombreux au début puis de moins en moins. Un carton dans lequel je conserve encore quelques objets. Je ne sais pas s'il y a une vie après. Nul ne le sait. J'ai parfois cherché des signes de toi dans le silence d'une cathédrale. Une présence, un mouvement, mais rien n'est jamais venu. La mort d'une mère fait rejaillir l'enfant que nous sommes encore. C'est alors ce regard unique qui disparaît, la chaleur d'une main qui soigne, la douceur d'un regard aimant. Rien n'aura plus cette couleur qu'un regard donne à un monde. Nous peignons le monde de ceux qui nous aimons d'une couleur singulière. Oh bien sûr, il y aura d'autres regards, d'autres couleurs, immensément belles. C'est certain, mais elles ne seront pas toi. La tienne est désormais loin, au mieux inaccessible dans un paradis lointain, mais plus probablement à jamais éteinte, retournées dans un monde où plus rien n'existe. Des siècles et des siècles pourront s'écouler, le temps fera son travail. Il sait si bien le faire sans la moindre pitié pour nous autres pauvre mortel à la mémoire si fragile.

J'ai acquis la conviction que ton acte était directement lié à cette nouvelle maladie qui avait sonné à la porte de ton âme. Cette conviction je me la suis forgée en partant à la recherche de tout ce que je pouvais récolter comme informations, mais au fond je savais déjà tout. J'ai tapé aux portes des voisins. Je suis allé voir des médecins, chercher des explications. Il me fallait construire une histoire et je pensais encore que dans cette histoire la vérité avait son importance alors je l'ai cherchée.
Bien entendu il n'était pas très compliqué d'en saisir le sens : tu souffrais. Il me fallait en savoir plus et tenter de comprendre précisément de quelle nature était ton monde le soir où tu es partie ! On pense forcément à quelque chose. Un gouffre s'ouvre. Tu as eu du courage. La peur ne t'a pas arrêté cette fois-ci. Elle qui avait gouverné ta vie. Elle n'a rien empêché.
J'apprendrais plus tard au cours de mon enquête auprès d'un médecin que tu souffrais probablement de ce que l'on nomme un « delirium tremens ». Un des effets de l'alcool ou pour être plus précis de l'abstinence selon lui. Est-ce que cela se soigne lui ai-je fébrilement demandé ? Cette question avait beaucoup d'importance à mes yeux, mais je ne sais pas encore aujourd'hui quelle réponse j'aurais souhaitée. La sienne fut positive.
« Il semble même que c'est quelque chose qui se soigne très bien et qui disparaît assez vite. ».
Cette réponse me remplit de tristesse. Si comme je le crois c'est cette peur de la folie qui a fait croître cette immense tristesse et cette ultime et définitive tentative de suicide il est alors immensément triste de découvrir que de folie il n'y en avait pas ou peu, que ces monstres n'étaient que de papier et qu'il aurait était facile de les chasser.
Et puis c'est autre question plus terrible encore : si le delirium tremens apparaît principalement pendant les périodes d'abstinence se pourrait-il que la vie t'ait joué un dernier et

bien cruel tour dans ce domaine ? se pourrait-il que tu aies eu la volonté d'arrêter et que ce soit cette période d'abstinence qui ai provoqué tes troubles ? Il t'arrivait parfois sans m'en parler d'engager un tel combat contre l'alcool.
J'en suis réduit à émettre des hypothèses. Mais je dois dire que parmi toutes les éventualités celle-ci est la plus effrayante. Mes souvenirs sont déjà depuis longtemps brumeux, mais il me semble tout de même que pendant les quelques jours ou semaines précédant ton suicide il y eût moins d'alcool, beaucoup moins. Il est donc possible, je ne sais pour quelle raison que tu te sois enfin décidé à réduire la consommation faisant ainsi naître par une ironie mortifère un nouveau symptôme terrible, mais peut-être temporaire. Peut-être es-tu morte d'une guérison possible…

Le travail de la mort

S'ouvre alors la période de gestion de la mort : choix du cercueil, église, prise de parole….
Comme un exercice collectif de thérapie, nous nous nous réunissons tous les soirs moi ma sœur mon frère, notre père et quelques-uns de nos amis, de tes relations. Chacun y va de son analyse, de son interprétation parfois maladroite parfois violente « tu sais Paul ton absence lui manquait beaucoup ».
Quel sens donné à ta mort ?
Toutes les morts n'ont pas de sens. Elles sont parfois absurdes et n'ont pour justification que le hasard d'une vie qui bascule dans un accident. A quelques secondes près il aurait pu en être autrement. Le suicide quant à lui pose des questions qui resteront présentes à jamais.
Il existe de nombreux sens possibles à ta mort et nous les avons tous explorés, rencontrés dans nos tripes… mon frère dira lors de ces soirées thérapeutiques que ce n'est pas ce jour-là que tu

es morte, que tu es morte depuis bien longtemps. C'est peut-être vrai.

Derrière chaque explication peut se cacher un responsable et parfois même un coupable. Pour ma part pendant très longtemps tes amis de boissons me furent d'une grande utilité. La fin de cette quête ne se trouve pas dans la découverte de la vérité. Chaque suicide comporte une part de mystère et d'insondable. Chaque explication possède un potentiel de vérité. La fin de cette quête consiste à s'approprier le sens qui nous parle le plus et j'ose le dire qui protège le plus ceux qui restent, celui qui maintient un lien aussi riche que possible avec toi. Nos morts ne sont jamais vraiment morts. Ils vivent avec nous par l'histoire que nous allons nous raconter (aussi froid que cela puisse paraître, nous nous racontons bien une histoire sur nos drames). La sagesse consiste d'ailleurs en partie à se réapproprier cette histoire pour faire en sorte qu'elle résonne aussi positivement que possible en nous c'est-à-dire qu'elle puisse venir nourrir faire éclore des fruits existentiels.
Que la vérité ailleurs se faire foutre !

- Le travail de la culpabilité

Ah cette culpabilité ! Je croyais la connaître, car tu maniais l'art de me la transmettre à la perfection. Elle vint tout de même sonner à ma porte, sonner à de nombreuses portes, à toutes les portes. Comment pouvait-il en être autrement ? Chacun se trouve ainsi renvoyer à ce qu'il n'a pas fait, ce qu'il n'a pas vu, à ce qu'il n'a pas compris, à sa petite ou son immense responsabilité. Les amis, les enfants, les petits-enfants, les voisins venaient de voir surgir une nouvelle question existentielle dans leur univers qui ne les quittera jamais. La vie apportait une nouvelle charge un nouveau travail spirituel à engager : suis-je responsable en partie de cette mort ? Tout suicide comporte sa part de mystère et engage la pleine responsabilité de celui qui se suicide. Nous savons tout cela. Nous entendrons cette phrase des milliers de fois dans des formes variées. Mais aucune parcelle de cette vérité n'a le pouvoir d'extirper ce nouveau poison.

Nous portions tous, et ce pour toujours, un nouveau poids qui allait nous travailler, que nous allions voir grandir en nous. Nous pouvions trouver sans grande difficulté des raisons de nous en vouloir tout autant que d'en vouloir aux autres. Il m'est souvent arrivé de penser que c'est parce que je suis parti, parce que je n'étais plus présent, que tu étais seul. Bien entendu je sais parfaitement que ton histoire ne peut se résumer à cela et je sais aussi que mon éloignement était certainement une question de survie. J'ai le sentiment d'être resté présent autant qu'il était possible de l'être et qu'il est des pouvoirs que nous n'avons pas sur l'autre. Cela aussi tu ma l'appris à ta façon. Mais il est des vérités que la tête comprend, mais qu'un cœur de petit garçon à jamais inconsolable ne comprendra jamais totalement.

Nous devons parfois quitter ceux que nous aimons tout en sachant que notre éloignement n'arrangera rien à leur désespoir. Vous devez parfois lâcher la main de ceux qui vous aiment malgré leur haine et leur colère, et les monstres, lâchez leur main tout en sachant qu'il est possible qu'en le faisant qu'en lâchant cette main ils tombent dans une nuit encore plus noire et qu'alors disparaisse le peu d'étincelle de vie. Et la porte s'ouvre pour que viennent d'autres monstres. mais vous devez lâcher cette main…..

- Souvenir de ton enterrement

Vint la cérémonie. Je crois que je regretterais tout. Nous avons tout raté de ton départ. On peut rater cela aussi. Nous nous sommes précipités pour rendre l'appartement et effacer toute trace de toi alors que nous aurions dû le garder le plus longtemps possible. C'était justement l'unique trace de toi. Il contenait tout un univers et nous avons balayé en quelques heures avec quelques larmes peut-être, mais nous avons tout effacé bien trop vite.

Aujourd'hui je conserverai tout. Je prendrai en photo chaque objet, chaque pièce, car ils sont à leur façon tous porteur d'une part de toi d'un souvenir d'une composante de ton âme.

Le jour de l'enterrement fut aussi l'occasion d'inviter quelques amis et membres de la famille après la cérémonie. L'alcool aidant cela se transforma en une sorte de fête sordide qui restera longtemps comme une tâche. Non pas que j'ai participé à cette fête de rire et de joie, mais j'ai laissé faire ! Après tout peut être qu'il devait y avoir de la joie. C'était la fin de ta souffrance et aussi un peu la fin de la nôtre.

Nous nous débrouillâmes pour choisir la tombe la plus grande et la plus visible qui soit. Je ne pus m'empêcher de sourire en imaginant ta réaction lors de mes visites dans ta nouvelle maison à la vue de cette dernière et très visible demeure. Décidément tu as réussi ton suicide, mais nous avons raté ta mort

Aussi douloureux que cela soit, il faut aussi reconnaître que cette mort nous ouvrit un autre chemin. Même les drames les plus dures portent des fruits. Pouvait s'ouvrir le temps d'un deuil une fois que la mort est passée. La mort laisse parfois la place et apaise les vivants alors que la vie peut quant à elle continuer de torturer en offrant le spectacle quotidien d'une mort qui n'en finit pas. Je repense en effet à cette phrase de mon frère «elle était morte depuis bien longtemps » . Il est certain que nous avons vécu en compagnie de ta mort, mais d'une forme singulière et bien cruelle mort, de celle qui laisse la présence d'un corps de moins en moins vivant, d'une vie à laquelle le temps extirpe chaque jour un lambeau d'existence et de bonheur pour ne laisser que d'immenses blocs de souffrances et quelques rares moments de joie. Aussi immoral que cela puisse paraître il était probablement normal qu'il y ait aussi des traces de soulagement dans ton départ. C'est aussi la mort qui est morte et est partie avec toi.

Tu es parti depuis maintenant 20 ans et même si j'ai de la peine à l'avouer : je suis heureux et je le suis depuis très longtemps maintenant
J'ai 2 enfants 2 filles et une merveilleuse femme
Je leur parle parfois de toi. Je leur parle d'une mère aimante, tendre, heureuse que tu aurais mérité d'être. Je leur parle aussi un peu de ta souffrance et ton médicament. Il est possible que je leur mente. Je crois qu'elles le savent un peu, mais c'est ce qu'elles veulent entendre.
Elles n'aiment pas que je dise du mal de toi quand parfois le souvenir d'une souffrance m'y ramène. Un jour l'une des filles, Ameline, (elle devait avoir 10 ans) m'a demandé de quoi tu étais morte.
- je crois que tu le sais déjà lui ai-je répondu
 Ses yeux se sont alors remplis de larmes « elle s'est tuée c'est cela ? ». « Oui c'est cela mon amour »
Les messages, les histoires passent bien au-delà des mots. Nous avons pleuré. Adèle écoutait religieusement. Il m'arrive de leur glisser de petits morceaux de vie pour les habituer doucement à une histoire.
Ma femme Aurélie te ressemble un peu. Elle a un peu de ta capacité à aimer. Elle est éducatrice spécialisée et s'occupe de la souffrance des autres. Nous traversons la vie en essayant du mieux que nous pouvons de nous faire grandir et de calmer nos monstres respectifs souvent très actifs comme tous les humains. Nous avons fondé une association de méditation de pleine conscience. Nous accompagnons avec nos quelques compétences les gens ordinaires dans ce travail de réappropriation de leur vie. Je pense que cela aurait pu te guérir alors nous le faisons ensemble avec amour pour d'autres que toi.

Que restera-t-il de toi ?
Je ne sais pas qu'elle image se dégagera de mes lignes tant de lectures sont possibles. J'ai bien peur d'avoir trop mis l'accent sur la part de violence en oubliant un peu trop souvent l'amour

alors qu'il fut immensément présent. Ton histoire c'est aussi celle des liens que nous tissons et des vies qui se croisent, se construisent et se séparent. Tu as d'abord donné la main à l'enfant chétif et apeuré que j'étais puis assez vite par la force des choses j'ai pris la tienne pour tenter de te guider moi qui ne savais rien, puis un jour nos routes se sont en partie séparées. J'ai dû me résoudre à lâcher un peu ta main. Jamais totalement. Je la tiens encore.

J'espère dans cet écrit ne pas avoir trahi l'amour que tu pouvais donner caché derrière tes violences.

Nous ne sommes pas nos chaînes. La vérité d'un prisonnier ne se trouve pas dans ses chaînes, mais dans ce qu'il pourrait être si on les lui ôtait ou mieux s'il les brisait. Une partie importante de nos chaînes sont dans nos têtes. Elles y naissent. Elle y pénètre à coup de violence, de socialisation ratée, de mauvaises rencontres, d'intériorisation d'injonctions toxiques. Elles y restent parfois une vie et elles peuvent grandir et former des monstres donnant la mort.

J'ai fait le choix de garder l'amour autant qu'il m'a été possible de le faire. Parfois la colère me monte : celle d'une jeunesse qui aurait pu être plus riche alors j'écoute et j'entends ton âme aimante. Non nous ne pouvons pas être réduit à nos chaînes.

Il est certain que tu as fait preuve de violence lorsque tu étais sous l'emprise de l'alcool. Tu as rempli mon enfance de la peur de ta mort. Nous serons d'accord pour dire que ce n'est pas une vie qu'un bon parent doit offrir à ses enfants. Pour autant tu aimais tes enfants. Je sais que c'est souvent ce que disent les âmes violentes, que c'est aussi ce que pensent les enfants maltraités probablement pour conserver une image positive de leurs racines. Je sais cela. Mais cela n'en reste pas moins vrai. L'amour et la colère peuvent cohabiter avec la même force, la même intensité chez la même personne.

Je mentirais si je disais que je n'éprouve que de l'amour, mais j'en ai encore. J'en ai toujours eu, car celui que tu m'as transmis était puissant.

Je sais reconnaître aujourd'hui la chaleur d'une relation. Je sais aussi reconnaître les autres monstres qui peuplent d'autres foyers. Je les vois tous.

Malgré tes immenses prisons, malgré des peurs tu possédais cette force de tisser des liens. La vérité de notre éducation, de ce que nos parents font de nous, de ce que nous héritons ne se trouve pas dans ce qu'ils nous disent, ni dans la façon dont ils se comportent, ni même dans les violences qu'ils exercent, mais dans la nature profonde du lien qu'ils tissent avec nous, dans cette rencontre existentielle qui s'opère et dans les profondeurs de ton être se cachait une tisseuse de lien

Comme beaucoup d'enfants ayant vécu auprès de parents fragiles, j'ai conservé le puissant désir d'aider. Au fond, je n'ai jamais vraiment abandonné la mission que tu m'avais confiée. Je l'exerce simplement auprès d'autres que toi. Nous pouvons continuer de sauver nos morts et je crois que toute ma vie j'essaierais de te sauver.

- La richesse de vies blessées

Nous sommes donc faits de nos blessures et tu m'as donné une forme d'amour pour les vies blessées, abîmées…

J'arrive parfois à voir leur richesse. Je les aime autant qu'elles me révoltent. Cohabite avec cette pulsion première d'amour, à ce regard compatissant une autre pulsion peut être moins avouable celle qui résonne du fond de mon puit d'impuissance enfantine, un cri de rage et de révolte contre leur propre impuissance à casser leur chaîne pour sortir de la prison.

Ce cri de révolte trouve son paroxysme devant les situations au fond très courantes dans lesquelles nous ne cherchons même pas à sortir de nos prisons. Est-ce de l'aveuglement ? De la peur ? Je n'en sais rien. Et à dire vrai l'absence de réactions collectives devant la catastrophe climatique qui s'approche me laisse penser que l'aveuglement est une maladie très largement répandue. Nos prisons mentales nous conduisent aussi au suicide collectif, mais nous y allons par un autre chemin que toi maman.

Tous les livres m'ont raconté la même histoire. Cette impuissance à briser ses chaînes trouve son origine dans le manque de ressources psychologiques, sociales, affectives et au fond spirituelles. C'est un capital d'une immense valeur qui transcende les classes sociales, Mais de telles ressources ne tombent pas du ciel. Elles sont politiques autant que psychologiques. Ces ressources sont principalement transmises par un environnement bienveillant que tu n'as pas eu et que les Âmes brisées ont peu. Je rêve parfois d'une société capable de produire les institutions capables de nous accompagner dans cet immense travail spirituel consistant à dissoudre toutes les forces qui nous paralysent, limitent notre potentiel, chaîne par chaîne, maillon par maillon. Mais il est probable que cela n'arrivera jamais. Nous n'en avons pas la sagesse.

Les vies abîmées parfois brisées ont beaucoup à nous dire même si elles murent dans la douleur et le silence ceux qui les vivent. Il serait absurde de les rechercher, mais il suffit d'observer ce que la culture, les romans, le cinéma nous disent pour comprendre qu'au fond ces vies sont incroyablement bavardes, fécondes et riches.

Aujourd'hui, j'arrive à voir plus de facettes ce que fut ta vie. Elle eut sa pauvreté et ses douleurs, mais aussi sa richesse. On peut chausser bien des lunettes pour mieux comprendre ce que fut ton existence.

Tu n'as rien reçu de ta mère ou ce que tu as reçu était insupportable.

Le bien le plus précieux que nous pouvons transmettre à nos enfants se trouve dans cet art de dompter nos monstres, car ce sont eux qui nous empêchent de rencontrer le monde. Parmi toutes ces compétences de vie la plus importante, la plus essentielle est à trouver du côté de cet art de rencontrer le monde, de la résonance pour reprendre une merveilleuse analyse de Hartmut Rosa dans son livre la Résonance - Une sociologie de la relation au monde.

Apprendre à vivre c'est apprendre à rencontrer le monde, les œuvres, les autres, les bruits, les sons, la musique, soi….. Être

touché par le monde (Dieu sait à quel point le monde te touchait, mais tu en avais peur)
Face à la violence de ce monde tu t'es mis à le fuir et plus rien ne t'as parlé et à la fin tu entendais même le monde là où il ne te parlait plus et tu entendais sa violence comme l'écho de tes peurs et c'est face à ce monde qui parle encore une fois de violence, d'enfermement et de mort que tu as décidé de le quitter

Repose en paix maman.

Paul LENOIR
Contact sur X (ex twitter) : PaulPaullenoir

© 2024 Paul LENOIR
Édition : BoD – Books on Demand, info@bod.fr
Impression : BoD – Books on Demand, In de
Tarpen 42, Norderstedt (Allemagne)
Impression à la demande
ISBN : 978-2-3225-2289-7
Dépôt légal : Mars 2024